**J'AI SU
DÈS LE PREMIER JOUR
QUE JE LA TUERAIS**

DU MÊME AUTEUR

Qu'importe le boulevard où tu m'attends, Michel Lafon, 1997.

NICOLAS PEYRAC

J'AI SU
DÈS LE PREMIER JOUR
QUE JE LA TUERAIS

roman

l'Archipel

Si vous souhaitez recevoir notre catalogue
et être tenu au courant de nos publications,
envoyez vos nom et adresse, en citant ce
livre, aux Éditions de l'Archipel,
34, rue des Bourdonnais, 75001 Paris.
Et, pour le Canada, à
Édipresse Inc., 945, avenue Beaumont,
Montréal, Québec, H3N 1W3.

ISBN 978-2-84-187-757-7

Copyright © L'Archipel, 2006.

Prologue

J'ai su dès le premier jour que je la tuerais.
Je vais commencer par la fin, la toute fin, ce bout de la route qu'on atteint pour ne plus jamais repartir, plus jamais regarder en arrière. Quand on en est là, il n'y a plus d'issue.
Je commencerai par la fin, et puis doucement, doucement, je remonterai le temps, pas trop vite, mais pas trop lentement et, peu à peu, quand le moment viendra, si le moment vient, je vous parlerai d'elle. Et je vous dirai tout, de ses silences, de ses ombres, de ses facettes que je croyais connaître tant j'en étais l'otage.
J'essaierai de vous décrire ses gestes, ses sourires esquissés, les larmes sèches qu'elle mouillait pour faire croire, persuader, enfermer dans le doute... Je vous dirai tout, enfin, le plus possible, et peut-être qu'à ce moment-là vous comprendrez pourquoi je l'ai aimée.
Sauf qu'il n'y a rien à comprendre...
Il n'y a jamais d'âge pour mourir. Il n'y en a pas non plus pour tuer.
Il ne suffit pas toujours d'avoir une bonne raison.
Je commencerai par la fin. En fait peut-être pas...

1

Ma déprime a commencé le jour où il a plu sur Évian, sur le lac, le golf, la promenade qui longe l'eau grise aux heures balayées par un vent froid.

J'avais décidé d'aller là-bas presque par hasard... Évian m'avait croisé quelques années plus tôt.

Parfois, on a juste envie de partir, et les endroits décident. On prend un train de nuit humide et triste, au petit matin on se retrouve à Évian.

Rien de spécial dans ma tête, juste cette envie récurrente de plus d'air, plus de distance entre moi et ce qui pour d'autres aurait ressemblé à une belle vie.

C'était l'idée du départ qui me séduisait. J'avais souvent envié ceux qui avaient le cran de tout envoyer valser en un quart d'heure. Ils avaient assez d'inconscience ou de volonté pour changer d'existence. Tout le monde descend, dernière sortie avant la mort !

Je ne voulais pas changer d'existence, juste voir un autre ciel pour un moment. Et puis j'en avais marre de Camille, Camille qui me le rendait bien, Camille que je n'avais plus touchée depuis longtemps...

Elle disait vivre au jour le jour, affirmait que le temps lui était compté. Encore ces trucs qu'elle avait dans la

tête, l'absolue certitude qu'elle mourrait jeune, d'un cancer ou d'un accident : une fixation !
Je ne voulais pas la quitter. Elle faisait partie de moi, elle appartenait à des univers rassurants... Leurs repères absents me manqueraient...
Je n'avais pas le courage de l'abandonner. Je me persuadais qu'elle serait perdue sans moi, même si je sentais que ce n'était pas la vérité. J'avais beau être psychiatre, je n'étais pas très à même d'analyser les événements de ma vie. Je le savais depuis toujours : être attentif aux problèmes des autres n'aide pas à résoudre ses équations personnelles...
Souvent, d'ailleurs, je n'essayais même pas. Je me laissais porter. Je regardais ce qui m'entourait se désintégrer sans intervenir.
Sauf que cette fois j'avais décidé de prendre l'air, de changer de quotidien. Ça durerait ce que ça durerait. J'avais des vacances à rattraper : mes patients pourraient vivre sans moi.
Après, je verrais, il serait toujours temps...
Je m'étais retrouvé à l'Hôtel du Golf, le même que dans mes souvenirs – vue sur le lac, chambre identique à celle que nous avions occupée, Camille et moi, huit ans plus tôt !
À l'époque, nous faisions une fois par an le tour des palaces d'Europe. Des bords de la Méditerranée au lac de Côme, d'année en année, nous nous étions persuadés que notre existence était enviable. Elle était faite de luxe et de ces plaisirs inabordables qu'on s'offre sans compter pour se donner l'illusion d'être heureux... Et pour les autres nous l'étions. Même nous, nous y croyions.
Si nous nous étions regardés dans un miroir dans ces moments-là, nous aurions forcément trouvé que nous avions l'air heureux.
Quand mon envie de partir m'avait une fois de plus rattrapé, c'était Évian qui m'était revenu à l'esprit, une évidence.

Et puis, le deuxième jour, il s'était mis à pleuvoir, et moi à déprimer.

Oh, ce n'était pas un de ces blues qui vous clouent au lit par peur de croiser une lueur de jour, ce genre de tristesse définitive qui essaie de vous persuader que rien n'a d'intérêt, ni vous ni les autres... Non, c'était une déprime balbutiante, quelque chose d'insidieux... Je savais que si je n'y faisais pas attention, ça ne mettrait pas longtemps avant de se transformer en vraie mélancolie. Et derrière ce nom anodin se cachait tout de même un certain nombre de conséquences fâcheuses, voire invivables. J'avais soigné assez de mélancoliques pour avoir une notion de l'étendue du désastre à venir.

Septembre était encore agréable, pourtant. Mais, le soir, les bords du lac étaient glacés. J'avais rêvé de couchers de soleil sur Lausanne. À la place, j'avalais des embruns mélangés à la pluie et regrettais de n'avoir pas emporté ma grosse veste en cuir.

Je commençais à grelotter en rentrant à l'hôtel. Je me demandais même si Évian était une bonne idée. J'étais là depuis deux jours et déjà je pensais à repartir.

Le soir, au restaurant de l'hôtel, je venais juste de m'asseoir quand je t'ai aperçue, seule à une table, pas très loin sur ma gauche.

C'est souvent pathétique quelqu'un qui dîne seul. Il n'a en face de lui que le vide, ou la page d'un bouquin sur lequel il fait semblant de se concentrer. Seul à une table, il semble écouter la rumeur ambiante, les conversations des voisins, les rires des femmes heureuses qui l'indiffèrent...

Toi tu ne semblais pas triste, tu étais rayonnante.
Je ne regarde plus les femmes depuis longtemps.
Je les vois mais mes yeux ne s'attardent pas.
Une partie de moi est cassée à jamais, un ressort, un déclic.

C'est peut-être Camille. Elle a su m'enlever beaucoup de ma confiance en moi... Elle m'a tellement dit que l'amour avec moi ne correspondait pas à ses attentes que j'ai glissé peu à peu vers le doute. Je ne m'imagine même plus plaire à une femme, encore moins la rendre heureuse...
Pourtant je ne suis pas repoussant. Une cinquantaine récente sur un visage pas trop marqué, encore beaucoup de cheveux à un âge où certains pourraient lancer une souscription pour en récupérer, plutôt mince et le ventre plat. Je ne fais vraiment aucun effort pour garder la ligne. D'après ceux qui me connaissent depuis mes années d'étudiant en médecine, je n'ai pas beaucoup changé, pas trop vieilli. Je n'ai fait que devenir moi-même, de plus en plus ; comme si depuis le début le moule était le bon et qu'une bonne fée avait fignolé les détails. Je cultive une élégance toute britannique et un certain flegme qui va de pair, mais je donne une impression de fragilité. Je semble aussi cassant que le verre. Je me déplace lentement, avec une économie d'efforts et l'attitude étudiée de quelqu'un qui passe par hasard dans la vie et regarde tout avec détachement...
Dans mon service, à l'hôpital, ils doivent me surnommer E.T., celui dont on ignore s'il est de ce monde ou en visite sur la Terre. Je prodigue conseils et recommandations d'une voix douce, à la limite de l'audible. Je ne cherche pas mes mots mais je les prononce si faiblement que souvent mes interlocuteurs me font répéter.
J'en joue, je m'en délecte, j'apprécie tout ce qui fait qu'aux yeux des autres j'ai réussi, je suis devenu une figure, presque un exemple.
Lorsqu'on me connaît assez pour obtenir de ma part des aveux, je finis par confier que mon parcours n'a eu d'autre but que celui de devenir ce que je suis aujourd'hui : un bourgeois qui rêve d'appartenir au monde de l'art.

La peinture était ma vie, je suis passé à côté.

Il y a aussi certains aspects de moi que je n'ai pas révélés... Et ils n'ont rien à voir avec les contes de Perrault, ils feraient plutôt partie des choses qu'on cache, qu'on ne dévoile que contraint et forcé... J'ai un côté sombre, inquiétant, une facette que je suis incapable de maîtriser et qui remonte parfois à la surface et me balaie.
Je suis deux, et je ne sais pas toujours lequel.
Personne ne s'est douté de rien. Jamais.
J'emporterai mon secret dans la tombe, à moins d'un hasard.
Si j'avais moins mal, si j'avais un peu plus de forces, je pourrais presque en rire...

Je ne regarde plus les femmes depuis longtemps, pourtant toi je t'ai regardée, longuement, le plus discrètement possible mais avec une attention particulière. Tu ne ressemblais pas à celles que je croisais dans ma vie bien organisée. Tu avais autre chose, une élégance, une aisance indéfinissable. Tes attitudes et tes gestes montraient que tu te sentais bien dans ta peau, que tu te savais belle mais étais capable de l'oublier, comme si tu ne voulais pas attirer l'attention... Émanait de toi un vrai charme, cette lueur qui fait que, quand le regard s'accroche, il ne peut plus faire marche arrière. Tu étais fascinante, même engoncée dans un gros pull beige à col roulé porté sur un pantalon de toile kaki. On ne t'aurait pas donné plus de trente ans, mais qui peut aujourd'hui affirmer avec certitude l'âge de quelqu'un ? Tu buvais lentement du bordeaux qu'un des garçons te resservait régulièrement dans un grand verre ballon. La tête un peu penchée, tu lisais ce qui de loin ressemblait à un gros bouquin sans couverture spécifique. J'avais croisé deux fois la couleur bleu foncé de tes yeux, tes yeux perdus dans une masse de cheveux bruns coiffés presque en bataille... Tu avais dû passer directement de ton oreiller au restaurant, sans prendre le temps de faire un stop à la salle de bain.

Tu n'avais pas esquissé le moindre sourire, ne semblais même pas me voir, à croire que j'étais invisible. Ce n'était pas le peu de cas que tu faisais de mon existence qui aurait pu me faire penser le contraire.

Si on m'avait demandé de dire à qui tu ressemblais, si j'avais dû faire à ce moment-là un portrait témoin, j'aurais juré que tu avais presque les traits d'Ava Gardner, l'Ava Gardner du film de Robert Siodmak, *Les Tueurs*. En dehors de la peinture, j'ai un faible pour le cinéma noir américain. Chaque fois que je cherche à qui comparer quelqu'un, c'est vers ces univers noir et blanc aux ombres à n'en plus finir que mon esprit s'égare. J'en reviens toujours aux images de ces années-là. Toi, tu ressemblais beaucoup à Ava Gardner. Moi j'étais loin d'être Burt Lancaster dans le même film. Je n'étais que Raphaël Dolan, de mère française et de père anglais envolé.

Ma mère dit souvent que mon père était cinglé, qu'il a bien fait de prendre le large. Ma mère est une femme calme. On ne dirait pas à la voir qu'elle a traversé des périodes aussi agitées.

Tant d'années après, elle se demande encore ce qui avait bien pu pousser mon père à quitter Londres pour venir poser ses valises à Paris. Mais elle ne regrette rien. Elle m'a eu, et ça a largement rempli son existence. En tout cas c'est ce qu'elle dit en me regardant tendrement chaque fois qu'elle me voit, c'est-à-dire pas souvent... Je ne suis pas très famille. J'aime beaucoup ma mère mais j'ai du mal à lui rendre visite. J'ai tendance à rester cloîtré dans un univers dont je gère les contours, un monde dans lequel je peux me diriger les yeux fermés. Et ma mère n'en fait pas partie. C'est cette bulle-carcan de laquelle j'ai voulu m'arracher en venant à Évian. Je continue à me persuader qu'en partant on laisse ses racines derrière soi. Pourtant je sais que c'est faux... J'ai un grain moi aussi ; ça vient de mon père. S'il était fou, il n'y a aucune raison pour que mon flegme apparent ne cache pas quelque abîme...

D'ailleurs, plus j'y pense, plus je me dis qu'il faut être fou pour vivre plus de vingt ans avec une femme qu'on ne touche plus depuis dix ans. Surtout que je n'en ai pas d'autre dans ma vie...

Je ne regarde plus les femmes depuis longtemps...

Je me suis rabattu sur l'art moderne et le cinéma noir...

J'ai toujours préféré les enchères de Drouot aux lumières tamisées des dîners en ville et des cocktails mondains. J'ai toujours eu le sentiment que j'étais fait pour cette existence feutrée auprès de Camille, que tout le reste ne me concernait pas. Les regards, les gestes, les sourires adressés aux femmes, ce n'était plus pour moi...

Je ne sais pas pourquoi, là, d'un seul coup, je te regardais. Je me demandais même si tout n'avait pas été fait pour qu'un jour je tombe sur toi, pour qu'un soir de presque déprime je rencontre à Évian quelqu'un qui me rappellerait que j'étais encore vivant.

Tu avais terminé ton repas et reposé ton verre, refermé ton bouquin. Tu étais sortie du restaurant sans un regard en arrière.

Tu nous avais abandonnés à notre triste sort.

Tu avais décidé de regagner ton territoire.

Tu n'avais pas laissé la moindre porte entrouverte.

D'habitude, quand je partais en voyage, j'avais tendance à donner de mes nouvelles à Camille...

Pas cette fois.

Elle savait que j'étais à Évian.

Je n'avais aucune envie de lui raconter mon séjour.

Elle se poserait des questions, commencerait peut-être à s'inquiéter, mais je ne me manifesterais pas.

J'avais envie d'être libre.

Au restaurant, tu m'avais, sans le vouloir, fait un signe. Tu m'avais montré le chemin pour sortir de l'ennui qui m'étouffait.

Tu existais déjà pour moi, tu n'en savais rien. J'en suis sûr à présent, c'est ce soir-là que j'ai commencé à redevenir fou.

2

Elle se souvient de tout, des moindres détails, des moindres gestes, jusqu'aux rides autour de ses yeux quand il les a ouverts très grand, la dernière fois.
Il avait l'air malheureux.
Les hommes sont trop cons. Lui, il avait la palme... Encore un qui croyait à l'amour, à l'éternel, au miracle, à l'étincelle... Elle, elle est là pour ça, pour qu'ils rêvent. Ils s'imaginent que grâce à sa peau, leurs souvenirs sordides vont disparaître, les visages enfouis dans leurs mémoires vont s'effacer, comme par un coup de gomme...
Les hommes, elle connaît un peu.
Elle a décidé, il y a longtemps, d'en profiter. Elle leur vole leur âme pour pouvoir exister. Tous les moyens sont bons. Tant qu'ils auront envie de regarder ses jambes et son corps, le ciel sera la limite.
À eux de se méfier.
À elle de tout faire pour qu'ils ne se doutent de rien...
Elle a une revanche à prendre sur la vie.
Elle veut oublier cette image d'elle qui la hante, cette image où son père l'emmène au lycée en camion, celui avec lequel il livre du vin.

Elle a honte. Elle lui demande chaque fois de la déposer avant la grille de l'entrée pour que personne ne la voie descendre, surtout pas ces fils de riches qu'on accompagne en limousine...

Elle tient aussi à rayer de sa mémoire l'existence gâchée de sa mère, comédienne ratée, confinée chez elle par manque d'ambition et d'argent. Toute la journée, elle attend le retour de son livreur de mari au lieu d'être occupée à jouer Molière ou Racine...

Les traumatismes de l'enfance, on n'y fait pas gaffe et puis, un matin, ça saute au visage, ça ravage le quotidien, ça met du nuage concentré dans le moindre sourire qu'on s'efforce de faire.

Peu à peu on se transforme, on se décale, on change de route et on devient une autre.

Quand on est plutôt jolie et pas trop conne, c'est un jeu d'enfant de manipuler les hommes.

C'est facile de faire croire...

De toute façon, ils sont tellement sûrs d'être formidables qu'il ne reste qu'à appuyer sur le bon bouton, au bon moment.

Elle se souvient de tout, plus vraiment de ce qu'il a dit exactement mais de son étonnement, oui. Elle n'est pas près d'oublier le regard incrédule qu'il lui a jeté quand elle a pris son ciré rouge avant de claquer la porte et de dévaler quatre à quatre les marches de l'immeuble en riant...

C'était quand?... Il y a cinq, six mois?... Elle n'a aucun sens du temps qui passe. Il file trop vite pour qu'elle prenne des notes. Elle sait juste que ce n'est pas très vieux. L'important, c'est le compte qu'il a ouvert à son nom à la Banque Rothschild. Il a pris bien soin d'ajouter chaque mois des zéros et des zéros derrière les chiffres qui s'affichent sur les relevés.

Elle devrait être à l'abri pour un moment...

Elle a tout d'une pute de luxe.

Pourtant, elle ne supporte pas qu'on la prenne pour ça.

Elle fait juste ce qu'elle veut de sa vie. Elle profite de ce que sa beauté peut lui apporter, c'est tout. Des hommes tombent amoureux d'elle ? Et après ?... Faut-il qu'elle s'abstienne, qu'elle joue les effarouchées ?... Sûrement pas ! La vie est courte et les occasions de s'amuser sont trop rares pour qu'elle les refuse... Ils lui donnent de l'argent, et alors ?... Elle ne va quand même pas s'enfermer dans un bureau ou un quotidien banal pour dire qu'elle travaille, qu'elle fait comme tout le monde !... Elle n'a pas envie d'être une fille honnête, une femme au destin déjà tout tracé...
Et puis elle ne sait rien faire. Peut-être une vague facilité pour écrire. Elle a parfois rêvé d'en vivre. Ça ne coûte pas cher de rêver...
On ne sait pas de quoi la vie est faite, la beauté se fane, les comptes en banque s'évaporent.
Elle aimerait bien se laisser émouvoir, faire craquer son vernis d'indifférence, revivre l'insouciance.
Comme ce jour où Paul est entré dans sa vie...
Elle sortait de chez ses parents, à Sèvres ; il l'avait interpellée, lui avait expliqué être en panne de moto. Il cherchait la gare la plus proche... Elle avait eu une seconde d'hésitation avant de se retourner, mais ne l'avait pas regretté parce que l'apparition était lumineuse. L'homme qu'elle découvrait lui avait fait penser que c'était jour de chance, que des sourires comme le sien, on aurait dû en distribuer à ceux qui étaient tristes. Et elle avait souri à son tour, s'était entendue répondre que la gare était sur son chemin, que s'il le voulait elle pouvait l'y emmener. Jamais gare ne lui avait paru si proche, jamais temps ne lui avait semblé si court.
Son visage la désarmait, son allure la faisait rire. Elle avait dû se retenir pour ne pas passer la main dans ses cheveux, ne pas lui faire une déclaration. À la façon qu'il avait de la regarder, elle avait eu l'impression qu'il aurait suffi de rien pour que les choses aillent trop vite.

Et tout s'était emballé ; parce qu'au dernier moment, une vie qui sépare, ce train maudit qu'on annonce, lui qui de la main avait dit au revoir et merci, sa bouche qui semblait prononcer des mots couverts par le bruit des wagons, elle qui réalisait d'un coup qu'on n'avait pas le droit de rater l'important ; et il avait l'air important, terriblement important.

Elle avait pris ce train en oubliant d'acheter un billet... Oublié aussi son rejet des garçons.

Lui, c'était autre chose... Il semblait désemparé, son casque de moto à la main. Elle avait envie de le protéger, de le rassurer, de lui dire que tout allait bien. Cette panne était providentielle puisqu'ils étaient là, ensemble. Ils étaient déjà presque attachés, déjà attentifs aux gestes de l'autre, au moindre signe d'une impatience que déjà ils redoutaient...

Il l'avait abandonnée à Montparnasse. Ou, plutôt, elle s'était effacée, rappelant le rendez-vous urgent qu'elle avait inventé pour prendre ce train avec lui sans qu'il se doute de rien. Elle savait déjà, avant même qu'il lui pose la question, qu'ils se reverraient. Elle n'avait rien dit d'elle, ou si peu. Ils avaient simplement échangé leurs numéros de téléphone...

Deux mois avant qu'elle se décide à donner signe de vie...

Paul ne l'avait pas oubliée. Il avait récupéré sa moto le lendemain du fameux jour mais n'avait pas osé se manifester. Il s'était dit que ce serait à elle de le faire, si elle le souhaitait.

Il avait eu raison.

Il l'avait invitée chez lui, lui avait donné l'impression que c'était la première fois qu'une fille le rejoignait ; il l'avait déshabillée avec douceur, un peu timide. Ses gestes étaient si retenus qu'il l'avait bouleversée ; il l'avait emmenée si loin qu'il lui semblait qu'elle découvrirait l'amour ; il la regardait tant qu'elle en avait les larmes aux yeux quand elle y pensait.

Elle était en train de tomber amoureuse et commençait à renier ses principes ; elle se sentait bien avec lui.

3

J'ai très mal à la tête... Il va falloir que j'arrête de parler, que je me repose. Je n'ai pas l'habitude d'avoir autant d'événements à raconter, autant de choses différentes en tout cas... Alors, forcément, parfois ça se mélange. J'ai des certitudes au lieu d'avoir des impressions, des doutes même si je sais que je dis la vérité. C'est sans importance. Ce qui compte, c'est l'ambiance, pas forcément l'exactitude... Pardon à l'avance pour les erreurs, elles seront inévitables.

J'ai aussi, de temps en temps, de drôles d'images qui me reviennent, des images dont la mort n'est pas absente, mais elles restent floues... J'aimerais me souvenir mieux mais j'ai toujours du mal, avec ma face cachée, à croire que je suis deux qui vivent en parallèle et veulent s'éviter...

J'en arrive à me demander si je n'ai pas une attirance incontrôlable pour la mort, pour ce qu'elle représente, ce qu'elle déclenche chez les autres quand elle devient trop présente, trop précise, prête à croiser leur chemin... Comme je les aimées ces images insupportables. Comme je les ai contemplées, comme je m'y suis noyé avec jubilation... Je n'en avais jamais assez, il

m'en fallait encore, il me fallait ma dose de glauque, d'horreur, de souffrance !
Elles m'appartiennent, ce sont mes images ; je ne les ai volées qu'à ma mémoire, j'en suis seul responsable... Elles ne viennent pas d'ailleurs, de livres ou de films, elles viennent de moi, et quelquefois ça me fait peur ! J'ai si mal...

De quoi je te parlais déjà ?...
Ça y est, ça me revient... Évian...
La flemme, la flemme d'approfondir, de fouiller, de lutter... J'avais ce défaut-là, mais, à l'époque, je ne pensais pas que c'était un défaut.
Camille organisait ma vie. Quand je rentrais de l'hôpital, en fin d'après-midi, nous n'avions que l'embarras du choix pour sortir : théâtre ou concert, dîner à la Bastille ou à Montmartre, boire un vin d'une bonne année ; ce qu'on appelle une existence superficielle et pas compliquée. Nous vivions ensemble, côte à côte. Ce n'était sûrement plus de l'amour, ça se rapprochait plutôt d'une amitié amoureuse.
Chacun savait que l'autre était là. La complicité de l'esprit remplaçait celle des corps. Nous allions toujours vers ce qui semblait le plus beau, le plus cher, le plus confortable, peut-être pas vers ce qui rendait le plus heureux. Le bonheur pour moi semblait fait de ces événements quotidiens de plus en plus incolores.
Je m'occupais aussi d'un petit ciné-club que j'avais monté au sein de l'hôpital, toujours cet amour immodéré pour le cinéma noir américain des années 40 à 50. Ça marchait assez bien. J'avais, par un ami de longue date, pu m'approvisionner chez quelqu'un qui fournissait en films les lycées et organismes chargés de la diffusion du patrimoine cinématographique de l'époque. Il me faisait des prix. Les abonnements permettaient de rentrer dans les frais. Les projections avaient lieu le vendredi soir dans une salle de l'hôpital qui avait

longtemps servi à accueillir des conférences. Les gens de l'équipe d'entretien avaient accepté de tout refaire presque à neuf. En échange, ils étaient invités à demeure et se faisaient d'ailleurs un plaisir d'être souvent là. Camille travaillait elle aussi à l'hôpital, médecin dans un autre service. Elle se débrouillait pour que nos emplois du temps correspondent, à moins d'une urgence.

J'ai de plus en plus mal à la tête. Cette douleur me bouffe, je ne sais plus depuis quand ça dure...
Ah oui ! J'en étais à Évian, à cette soirée où j'avais pour la première fois croisé ton regard, Laura.
Je ne savais pas à ce moment-là que tu t'appelais Laura ; je n'allais l'apprendre que plus tard, un peu plus tard...
Le lendemain.
Je t'avais rencontrée en sortant de l'ascenseur.
Je remontais dans ma chambre et tu avais l'air de descendre pour lire sur une des terrasses. Tu avais à la main le même bouquin qu'au restaurant, tu portais un pull noir sur un tee-shirt blanc et un autre pantalon de toile. Tu avais cru bon de lever la tête et de me dire bonjour avec un léger sourire. J'en avais déduit que tu avais peut-être envie de parler et j'avais répondu à ton salut moi aussi avec un petit sourire. J'avais voulu qu'il paraisse le plus détaché possible. Quand j'étais redescendu pour dîner, tu avais déjà quitté la salle à manger.
Je t'avais aperçue au bar.
À la couleur de ce qu'il y avait dans ton verre, tu devais boire du Baileys, ou une crème de café.
Je m'étais dit que j'allais attendre un peu pour dîner...
Je m'étais approché et t'avais demandé si je pouvais te tenir compagnie. Avec ton accord, je m'étais assis à côté de toi devant les portes-fenêtres ouvertes sur les jardins. J'avais commandé un whisky sour.
Je t'avais dit que je m'appelais Raphaël, tu m'avais répondu que tu t'appelais Laura.

Pour quelqu'un qui n'avait plus confiance en lui, je me trouvais assez à l'aise. Je n'imaginais pas une seconde que cette rencontre aurait quelque incidence sur le cours de ma vie...

Tu n'avais pas beaucoup parlé de toi, juste esquissé un portrait rapide de ton univers et expliqué ta présence à l'hôtel.

Tu m'avais raconté que tu écrivais et que tu étais là pour te reposer avant d'attaquer un roman... Je t'avais appris que j'étais psychiatre et que j'avais besoin d'air. Tu m'avais glissé que, de temps en temps, tu avais eu envie de te confier à quelqu'un de ma profession parce que tu avais beaucoup de choses dans la tête ; mais cette intrusion dans ton intimité ne te paraissait pas supportable et tu avais abandonné l'idée... Quand je t'avais demandé si tu pensais qu'un événement précis avait déclenché ces envies, tu avais réfléchi quelques instants en fermant les yeux et répondu que non, tu ne voyais pas. Tu avais ajouté que, tout compte fait, tu n'avais sûrement pas besoin d'un psy.

Je t'avais rétorqué, en espérant te faire rire, que, de toute façon, je ne consultais pas, j'étais en vacances !

Tu avais souri.

À ce moment-là, je m'en souviens, tu ne m'avais plus regardé comme si j'étais invisible. Tu avais semblé t'intéresser à mes propos et tu m'avais écouté sans m'interrompre. Tu répondais à mes questions sans t'étonner de ma curiosité.

C'est moi qui avais pris congé non sans t'avoir demandé combien de temps durerait ton séjour à Évian : tu avais réservé pour deux semaines mais tu pouvais changer d'avis. Je ne m'étais pas méfié de ta réponse. Je t'avais alors souhaité une agréable fin de soirée avant d'aller au restaurant.

Je venais de mettre le doigt dans un engrenage...

Comme je ne savais plus à quoi ressemblait l'amour, plus rien du bien ou du mal qu'il pouvait faire, et que j'avais même tendance à penser que toute histoire passionnelle n'était qu'adolescente, je n'avais aucune défense, aucun garde-fou. J'en étais encore aux certitudes absurdes. Je me croyais immunisé contre les liaisons un peu folles. Elles pouvaient toucher les autres mais pas moi. J'étais là où personne ne pouvait m'atteindre.

J'étais à l'abri, ces aventures-là ne me concernaient pas.

Je venais d'acheter un immense appartement avec Camille, ce qui flattait mon ego. J'y avais mis tout ce que j'aimais, essentiellement des toiles achetées à Drouot, un canapé, quelques meubles et un vieux coffre du XVIIIe auquel je tenais comme à la prunelle de mes yeux. Je le traînais partout, il faisait partie de ma vie, de mes repères. J'y entassais des choses qui ne regardaient que moi... Même Camille ne l'avait jamais ouvert. Pendant des années, régulièrement, elle m'avait demandé ce qu'il contenait puis elle avait renoncé. J'en gardais la clé au fond d'un des tiroirs de mon bureau. C'était mon côté maniaque...

Je suis obsédé par l'ordre, les objets ont une place, ils ne doivent pas être dérangés... Le moindre changement me déstabilise. Camille est comme moi, un lien de plus entre nous, une connivence...

Cet appartement était pour moi une étape de plus vers ces sommets où depuis longtemps ma place était réservée. Je les avais déjà en partie atteints à force d'acharnement et de constance mais ils me promettaient encore un lot de belles surprises que je méritais... Même si Camille n'était pas la plus épanouie des femmes, elle se sentait à l'aise dans cet environnement. Ce monde superficiel dressait ses remparts à quelques encablures de la porte d'Auteuil. Je n'avais jamais quitté le quartier.

C'était à deux rues de chez moi que ma mère avait suivi mon père après leur rencontre...

Le XVIe arrondissement m'allait bien comme j'allais bien au XVIe... Peut-être aurais-je pu me risquer à traverser la Seine pour tenter une escapade près du Champ de Mars, dans le VIIe, mais l'entreprise me semblait hasardeuse...

Je sais, ça fait sourire, mais j'étais comme ça : je ne pouvais pas m'éloigner de mes balises !

Quant à traverser ta vie, Laura !...

J'ai un mal de tête affreux, l'aspirine n'y fait rien, je n'aime pas souffrir !

Je préfère de loin faire souffrir les autres...

Qu'est-ce que je raconte ?...

4

Elle adore raconter des histoires. Inventer des situations, des endroits, et les rendre crédibles...
En une seconde, se faire passer pour n'importe qui. Sans réfléchir, instinctivement, devenir une autre. Elle est artiste en la matière. Elle ne sait rien faire mais pour mentir elle a des dons. Elle a tellement pratiqué l'exercice qu'elle peut convaincre n'importe qui...
Si, à un moment ou à un autre, quelqu'un doute de sa véritable personnalité, elle est assez maligne et habile pour que ça ne dure pas. Elle redevient vite maîtresse du jeu.
Elle s'est déjà prétendue étudiante, journaliste, photographe, modèle, comédienne. Elle a toujours choisi les métiers qui l'attirent mais lui semblent impossibles à atteindre. Elle a même laissé entendre un jour à un soupirant qu'elle faisait partie d'une organisation secrète en précisant qu'évidemment elle ne pouvait pas en dire plus...
Elle ne s'appelle pas Laura. Elle a changé de prénom.
Elle déteste Christine.
Elle déteste tout ce qui a été choisi par son père.

Elle le méprise... Elle refuse tout ce qui vient de lui !... Sa mère n'a jamais eu droit à la parole et, comme rien ne l'intéressait en dehors du théâtre, elle se moquait bien que sa fille se prénommât Christine ou Agatha !...

Laura aime bien sa mère. Elle la plaint. Elle ne comprend pas comment elle a pu épouser son père et lui donner trois enfants. Il faut quand même un tout petit peu d'amour, une attirance, quelque chose...

Pour sa mère, l'amour semble être devenu un mot inconnu.

Ça remonte à loin.

Les réunions familiales, dans la maison de la grand-mère de Laura, à Orsay, étaient affligeantes. Celle-ci traitait sa fille comme si elle n'existait pas, s'adressant à elle comme à son esclave... En revanche, l'aïeule pesait ses mots avec son gendre. C'était un homme, et, dans son monde à elle, les hommes donnaient les ordres.

Laura avait toujours trouvé la situation insupportable.

Un jour, d'ailleurs, elle avait cessé d'aller à Orsay.

Elle prétextait n'importe quoi pour échapper à la corvée. Elle n'avait pas envie de voir sa mère – qui acceptait tout à cause de l'héritage – faire la bonne. La grand-mère était riche ; la maison, à elle seule, représentait une fortune...

Ça valait sûrement la peine de se taire et de supporter les humiliations. C'était la même chose pour son père.

Elle le regardait avec mépris faire le beau auprès de sa belle-mère, mais là encore, avec le recul, elle peut le comprendre... Ses parents courbaient l'échine pour éventuellement récupérer de l'argent un jour... Ils devaient le faire pour leurs enfants, pour elle, pour sa sœur et son frère.

Elle, elle n'a jamais supporté.

Longtemps, elle s'est dit que son attitude vis-à-vis des hommes venait de là. Elle a toujours considéré son père comme un loser. Les autres hommes ne pouvaient

pas être différents... Et puis elle a compris que le départ de Paul n'avait rien arrangé...
Elle avait pourtant tout fait pour que jamais ça n'arrive... C'était arrivé.
Après être passée à deux doigts de ce qui ressemblait à un état de grâce, il l'avait quittée. À ce moment-là, elle l'aimait comme une folle !
Le dernier mois, ça avait frisé la démence. Elle n'y était pas pour rien. Elle lui avait balancé des choses ignobles, du genre : « pauvre minable sans ambition qui ne pense qu'à la voile, la voile et rien d'autre ». Elle lui avait dit qu'il avait le cerveau tellement étriqué qu'elle se demandait comment il faisait pour être capable d'articuler plus de deux mots cohérents dans une conversation... Bref, des gentillesses !...
Lui l'avait traitée de pute, de conne, de ratée qui allait crever toute seule à force d'égoïsme et de méchanceté... Ces mots-là trouvaient une résonance en elle...
« Conne » peut-être pas mais « pute » et « ratée », ça avait fait mouche.
Elle avait eu beaucoup de mal à encaisser.
Quant à « égoïste », il n'avait sûrement pas tort. Elle savait bien que, par moments, elle était invivable. C'était par peur de perdre son indépendance.
Alors, elle avait décidé de lui faire payer au prix fort ses insultes et ses vérités. Les dernières semaines, dès qu'il proposait une sortie, un dîner, d'inviter quelques amis, elle faisait la gueule... Il y avait rarement une bonne raison... Ses amis étaient dans l'ensemble plutôt agréables, même s'ils parlaient beaucoup de voile, de course au large et de tour du monde en solitaire, puisque Paul ne pensait qu'à ça ; c'était des gens avec lesquels il était facile de passer de bons moments.
Elle se disait souvent qu'elle avait bien fait de garder son deux-pièces boulevard Raspail.
Il était minuscule mais, quand elle n'en pouvait plus, elle s'y enfermait et laissait la clé dans la serrure pour

que Paul ne puisse pas ouvrir avec la sienne. Les derniers jours, c'est ce qu'elle avait fait.

Il avait fini par la quitter, sans prévenir. Elle avait essayé de le joindre, sans succès ; il n'avait plus donné de nouvelles, à croire que rien n'avait existé, que leur rencontre était restée virtuelle. Disparu sans prévenir et sans laisser de traces : c'était la première fois qu'une chose pareille lui arrivait ; elle avait cru devenir cinglée.

Elle savait pourtant que presque tout était de sa faute...

Comment peut-elle être aussi instable ?

Elle oscille en permanence, passe du chaud au froid et de l'exaltation à une forme de tristesse en moins de temps qu'il n'en faut pour le dire...

Si elle fait le compte des jours où elle s'est sentie bien depuis dix ans, il y en a très peu. Pas de quoi écrire un chapitre au livre de la folle gaieté... Plus elle veut s'en sortir, et éviter de ressembler à sa mère, plus elle veut tutoyer la lumière et avoir une vie différente, plus elle se rend compte que son existence est vide.

Tout n'est qu'apparences.

Les autres croient aux personnages qu'elle invente, aux histoires débiles qu'elle raconte, mais elle, au fond, est de plus en plus perdue.

C'est bien joli de dire qu'elle fait plein de choses formidables et d'avoir assez de talent pour le faire croire... Par moments, elle souhaite que cette existence soit vraie.

Elle se vante d'écrire... Elle en est incapable...

Un jour, elle a eu une opportunité. Elle avait su la saisir... Un compositeur, rencontré grâce à une amie, lui avait suggéré d'essayer d'écrire des textes sur ses musiques pour une chanteuse connue...

Elle avait tenté l'expérience et réussi son examen de passage.

Elle s'était même tapé le compositeur.

Il l'avait emmenée en vacances au Brésil et là, elle avait été insupportable.

Il suffisait qu'un homme essaie de lui prouver qu'il l'aimait pour qu'elle le traite comme une merde.
Son amie Marie est comme elle.
Non, elle est différente...
Marie est capable de dire n'importe quoi à un mec qui lui fait du rentre-dedans... Elle peut envoyer promener n'importe qui, même quelqu'un de génial. Si elle n'a pas envie qu'on lui parle, si elle veut qu'on lui fiche la paix, elle envoie tous les garçons se faire voir. L'amour physique n'est pas vraiment un plaisir intense pour elle.
Comme elle a un peu perdu la mémoire, elle ne se souvient pas bien de toutes ses aventures. Ou bien elle n'a pas la moindre envie de s'en souvenir. C'est comme si une case était vide. C'est ce qu'elle a raconté à Laura. Elle a ajouté que, en revanche, elle sait que la plupart des types qu'elle croise ne l'aiment pas, ils ont juste envie d'elle.
Ça tombe bien, elle ne les aime pas non plus...
Elle se demande souvent si elle ne préfère pas les filles...
Elle avoue qu'elle aussi on peut la prendre pour une dingue.
Laura la rassure, lui débite ses couplets sur les hommes : il faut en profiter le plus et le mieux possible, ils ne valent pas le mal qu'on se donne pour les séduire... Marie se met à rire, et puis, d'un coup, elles pleurent toutes les deux, conscientes de n'être, à cet instant précis, que deux filles paumées ; des filles qui, même si elles n'osent se l'avouer, sont si mal dans leur peau qu'elles s'imaginent que faire du mal aux autres va les aider à aller mieux !
Laura et Marie avaient fini par coucher ensemble, un jour où, de fil en aiguille, les pleurs les avaient menées jusqu'aux caresses...
Aventure sympa mais, à un moment donné, Laura s'était dit qu'elle préférait être avec un homme : au

moins elle pourrait le briser. Elle trouvait Marie bien trop touchante et naïve pour avoir envie de la casser... La pauvre n'y aurait rien compris.
Il fallait la protéger. Elle était presque amnésique. Elle avait un grand trou à la place de la mémoire...
Elle lui avait demandé d'espacer ses visites, elle voulait prendre du recul.
Elles avaient quand même réussi à préserver leur amitié. Elles s'étaient moins vues mais se téléphonaient quand même longuement plusieurs fois par semaine.
Laura se demandait souvent ce qui pouvait pousser Marie vers le cinéma. Elle ne pensait qu'à ça, devenir réalisatrice, filmer, mettre en scène, diriger les autres. Elle n'en parlait pas beaucoup mais dès qu'elle avait l'impression qu'elle pouvait intéresser quelqu'un, elle devenait intarissable...
Ah, Marie et le cinéma, Marie et ses drôles de vies !...
Quand Laura était rentrée du Brésil après avoir pourri les vacances de son compositeur, elle s'était réfugiée à la campagne. Son amie Sophie, mariée à un acteur, vivait dans un moulin, à une soixantaine de kilomètres de Paris et avait invité Laura à séjourner le temps qu'elle souhaitait dans sa grande maison.
Laura avait accepté et raconté ses malheurs exotiques.
Un soir où elles avaient le moulin pour elles seules – le mari de Sophie tournait un film en Argentine – Sophie lui avait parlé, longtemps, très longtemps.
Les soirées étaient longues et, pour une fois qu'elle avait Laura sous la main, elle allait en profiter pour lui dire ce qu'elle pensait de son parcours. Elle avait un peu suivi le cheminement de Laura : elles avaient des copains communs, pas vraiment des proches mais des relations qui, de temps en temps, donnaient à l'une des nouvelles de l'autre, et vice versa. Ça suffisait pour comprendre.
Sophie ne se sentait nullement le droit de lui faire la morale, mais voir son amie partir à la dérive méritait qu'elle s'y attarde un peu.

La mise au point avait duré cinq heures. Tout y était passé.

Sophie avait dit des choses terribles et, cette nuit-là, Laura n'avait pas dormi du tout.

5

Deux jours avaient passé. Je n'avais rien retrouvé de ce que j'avais dans la tête quand je pensais à Évian. La ville m'était devenue étrangère. J'avais pris le bateau pour passer un après-midi à Lausanne. À une époque, j'avais un ami chilien qui habitait là-bas. On se voyait rarement, mais toujours avec plaisir. Il vivait depuis quinze ans en Suisse. Il n'avait plus supporté le Santiago de Pinochet et lui avait préféré le chemin de l'exil. Ses parents étaient restés sur place, son frère aussi. Le hasard l'avait mis sur ma route, un soir à la salle Pleyel. Sebastian était un pianiste de génie ; il jouait aussi bien Satie que Rachmaninov ou Chopin. Je l'avais rencontré lors de la dernière soirée – musicale – d'une conférence organisée par des psychiatres français ; plusieurs artistes, dont Sebastian, se produisaient. C'était Camille qui me l'avait présenté pendant le cocktail qui avait suivi... D'où le connaissait-elle ? Mystère...
Je ne posais jamais de questions.
Sebastian était une pile électrique. Il ne tenait pas en place, expliquait avec de grands gestes ce qu'il aimait chez tel compositeur, tel chef d'orchestre. La musique était sa vie. Elle le rendait fiévreux, ses yeux brillaient

quand il en parlait, il les fermait quand il jouait... Je l'avais écouté parler à Camille de ses projets, notamment de l'enregistrement, à Londres, d'une série d'albums à la suite de la signature d'un contrat important avec une société de disques multinationale. Il avait attendu longtemps et un jour c'était arrivé. Nous nous étions revus plusieurs fois, lors de ses voyages à Paris. Il ne manquait jamais de téléphoner. Camille et moi l'invitions à dîner et nous passions des soirées étranges, à la fois calmes et trépidantes.

Prendre le bateau de Lausanne m'avait rappelé Sebastian, mort, depuis quatre ans, des suites d'une maladie nerveuse dégénérative. Il avait eu tout le temps de voir la fin arriver, au fur et à mesure que ses capacités pianistiques diminuaient.

Depuis le port de Lausanne, j'avais commencé à marcher dans les petites rues. La Suisse est un pays attachant. Tout y est propre et calme ; les événements semblent s'y dérouler doucement, sans bruit. Les tractations financières peuvent avoir lieu à l'abri des regards, dans des endroits cossus qui fleurent bon le cuir et le bois... J'avais, il y a quelques années, pensé confier un peu de mon argent à une institution helvétique vénérable et puis, une fois de plus, j'avais eu la flemme. Ce qui avait permis au fisc de mon pays préféré de me prélever un peu plus des économies que j'avais réussi à mettre à l'abri depuis trente ans...

La flemme, toujours cette nonchalance proche de l'apathie. J'ai parfois le sentiment que mon corps pèse si lourd qu'il faudrait un palan pour me faire bouger !

J'avais fini par revenir boire un chocolat chaud à la terrasse d'un café au bord du lac.

Le bateau m'avait ramené à Évian vers 19 heures.

En remontant vers l'hôtel, je t'avais croisée, Laura. Tu sortais d'une librairie, quelques journaux sous le bras. Une fois de plus, tu m'avais adressé un vague sourire. J'en avais profité pour t'inviter à dîner mais tu t'étais contentée de répondre que tu verrais. Tu disais que tu avais commencé à écrire et que tu ne savais pas si tu ne prendrais pas ton repas dans ta chambre pour ne pas perdre le fil. Tu avais ajouté qu'on se croiserait sûrement au bar et que tu en profiterais pour me faire part de ta décision.

À ce moment-là, je m'étais demandé si tu n'étais pas un peu bizarre. Écrire t'empêchait-il de descendre dîner ?... Après tout, pourquoi pas ? Je n'en savais rien, je n'écrivais pas. Peut-être que les auteurs vivent autrement.

J'avais continué ma promenade jusqu'à l'hôtel. J'avais pris l'air pendant presque sept heures et j'avais un coup de blues, de fatigue... J'avais même failli appeler Camille à Paris pour avoir une idée de ce qu'il s'y passait et puis j'avais laissé tomber.

Je m'étais allongé sur le lit pour lire un peu et je m'étais endormi.

Quand j'avais rouvert les yeux, il était 1 h 25 du matin... J'avais bien fait d'inviter une fille à dîner !

Le lendemain matin, après avoir eu un mal de chien à me rendormir et passé quasiment le reste de la nuit à gamberger, j'avais trouvé un court message à la réception. Il disait juste : *Merci pour le dîner, j'espère que ce message s'adresse à la bonne personne.* Signé Laura. J'en étais resté bête et je m'en étais voulu. Je n'aime pas être pris en faute... Dans le cas présent, tu avais dû décider que manger avec moi valait mieux que rester seule dans ta chambre. Je ne savais même pas à qui répondre. Tu n'avais pas laissé de numéro de chambre et le concierge du soir n'était pas celui de la journée. J'avais eu beau te décrire, dire que tu étais une fille brune avec de faux airs d'Ava Gardner, je parlais à un sourd. J'ai surtout l'impression aujourd'hui que celui à qui je m'adressais n'avait aucune idée de qui était Ava Gardner... Ava qui ?

Je ne pouvais pas dire que j'étais amoureux, mais loin au fond de moi, la vie s'était réveillée.

Elle reprenait.

Ce n'était pour l'instant qu'une minuscule étincelle mais une étincelle tout de même.

Quand, depuis vingt-cinq ans, on ne fait que suivre un itinéraire à ce point prévisible qu'il en serait insupportable si on n'était pas habité par l'envie de devenir quelqu'un, le moindre écart, la moindre apparition de l'aléatoire devient une grande aventure. Je n'étais pas prêt à traverser la Seine pour habiter entre Grenelle et le Champ-de-Mars, à moins d'un kilomètre du quartier de mon enfance alors imagine comme j'étais mûr pour me laisser tourner la tête par une inconnue...

Tu arrivais sur une terre en friche.

Il y avait tout à faire, je n'opposerais aucune résistance.

Tu allais pouvoir dessiner une cage contenant les chaînes et les fleurs, les rêves et les cauchemars, l'amour avec le S de sexe.

Je ne savais même plus, en ce temps-là, que j'étais castré depuis des années.

Ça allait être une drôle de révélation !

J'avais fini par te croiser de nouveau.

Tu rentrais dans le hall, vêtue d'un jogging blanc et noir. Tu avais un bandeau dans les cheveux et les joues rouges. Tu avais dû courir ou marcher.

Tu n'étais pas essoufflée. On sentait que tu avais l'habitude, que tout ça faisait partie de ta vie quotidienne depuis longtemps. Je t'avais remerciée pour ton message, avec le sourire, et je t'avais raconté ma mésaventure. J'avais ajouté qu'il aurait suffi que tu acceptes mon invitation à dîner du premier coup pour que je ne m'endorme pas. J'aurais eu une bonne raison de ne pas sombrer, j'aurais eu un but pour rester éveillé.

Tu avais répondu que tu comprenais, mais que l'écriture est imprévisible ; tu ne savais pas si tu aurais été d'humeur à descendre dîner au moment où je t'avais posé la question. Nous avions parlé quelques minutes devant le comptoir du concierge et puis tu avais dit que

tu allais remonter prendre une douche et te changer.
J'avais alors renouvelé mon invitation pour le soir même. Tu n'avais rien contre, mais tu préférais qu'on essayât de manger dans un endroit sympa à Évian. Tu en avais par-dessus la tête de l'hôtel et encore plus de son restaurant.
Dans ce cas, pourquoi ne pas prendre le bateau pour Lausanne ? Tu avais trouvé l'idée très bonne. Deux fois Lausanne en deux jours, pourquoi n'étais-je pas allé directement en Suisse ? Mais la réponse était dans la question. Je n'étais pas parti en Suisse parce que je savais qu'en descendant à Évian, j'allais te croiser, Laura...
Appelle ça un pressentiment...
Je t'avais donné rendez-vous dans le hall à 18 heures, le bateau partait une demi-heure plus tard...
Je ne savais même pas s'il y en aurait un autre dans la nuit pour rentrer... Arrivés à l'embarcadère, nous avions constaté que, jusqu'au 1er octobre, des navettes circulaient jusqu'à 1 heure du matin. Cela laissait tout le temps de dîner.
Je n'avais rien réservé, on verrait sur place.
Décidément, que d'aventures pour quelqu'un qui n'avait plus rien osé depuis si longtemps...
Camille ne m'aurait pas reconnu.

6

Quand nous arrivons à Lausanne, il fait presque nuit. Tu as passé la traversée appuyée à une rambarde, le vent dans les cheveux. Nous n'avons presque pas parlé. L'air est moins froid que les jours précédents et le voyage a été agréable. Tu t'es enroulée dans un grand manteau noir qui descend jusqu'aux pieds et tu as choisi de remettre la même tenue que le soir où je t'ai rencontrée au restaurant de l'hôtel. Seule tache de couleur, une énorme écharpe rouge que tu as roulée deux fois autour de ton col. Nous marchons sur les quais d'Ouchy. Tu me dis que c'était une bonne idée de venir à Lausanne. Tu me demandes si j'aime la Suisse et, sans attendre ma réponse, tu m'avoues que tu as failli venir t'y installer quand tu étais plus jeune : tu aimais un pilote de course qui vivait à Montreux, tout près de Lausanne.

Je ne te réponds pas et te regarde en souriant…

La nuit est tombée quand je propose de dîner au restaurant de l'hôtel Aulac, face au Léman. La salle n'est pas très grande et peu garnie.

D'où l'on nous a installés, on voit très bien les lumières d'Évian, de l'autre côté du lac. Les filets de

perche sont délicieux et, le vin blanc aidant, tu me racontes, parmi d'autres choses plus anodines, que tu as signé un contrat chez un éditeur prestigieux et qu'il attend un roman... Tu as envoyé quelques pages par la poste, un lecteur les a aimées, puis un second, la suite allait de soi. Tu me dis que tu es seule, depuis peu, que les relations à long terme ne sont pas pour toi, que tu en as assez de faire fausse route. Je t'écoute en ayant l'air de m'intéresser...
En fait, c'était ta presque indifférence qui m'intrigue. J'ai envie que tu me regardes. Je sens confusément qu'il y a peut-être moins de distance entre nous. Tu sembles sur le point de te confier, mais tu restes enveloppée de ton mystère pendant tout le repas. Camille est à dix millions de kilomètres de mon univers ; je ne me souviens même pas qu'elle existe, je l'ai oubliée. J'ai vingt ans de moins et quelque chose en plus, quelque chose qui ressemble à une attirance pour une inconnue qui n'a vraisemblablement pas besoin de moi...
À moi de me rendre indispensable.

Je me souviens aujourd'hui que, à ce moment-là, je n'avais aucune envie de te faire du mal... Ces idées-là appartenaient à quelqu'un d'autre, quelqu'un que j'ai perdu en chemin...

Tu me racontes aussi un film que tu as tourné aux États-Unis quelque temps plus tôt. On cherchait une fille qui avait de faux airs d'Ava Gardner.
On t'a engagée grâce à une de tes copines... Tu me confies que, durant tes deux semaines de tournage, tu as eu quelques scènes avec Brad Pitt, ce qui représente un bon début. Moi, le cinéma, hormis celui des années 40 et 50, je n'y connais rien... Tu peux me citer Brad Pitt ou qui tu veux, je sais à peine de qui il s'agissait... J'ai dû entendre le nom, c'est tout.

Aucune importance, tu parles avec passion et moi je bois tes paroles.

Rien n'a plus eu d'importance, ma vie à Paris, mon service de psychiatrie, celle qui est supposée partager mon existence depuis l'éternité, l'appartement où je vis, mon passé, mon avenir, ma carrière ; simplement parce que j'écoute les propos d'une femme brune qui, de temps en temps, allume une cigarette en me regardant fixement.

Et c'est là que je commence à mentir.

Tu sais que je suis psychiatre, mais tu ignores le reste.

Quand tu me demandes si je suis marié, je réponds non. Je te raconte que je vis seul dans un appartement trop grand pour moi rue Molitor, avec la vue sur trois côtés, que je n'ai jamais eu l'intention de vivre avec quelqu'un parce que je ne m'en sens pas capable. Je sors tout ça sans réfléchir. Je ne cherche pas mes mots, je dit n'importe quoi, sans hésiter, comme si c'était le moment de donner un grand coup de pied dans la fourmilière pour voir ce qui allait se passer.

C'est bizarre ; moi qui, depuis des années, ai la tête sur les épaules et traverse la vie avec rectitude, en suivant un itinéraire dont je ne m'éloigne sous aucun prétexte... c'est bizarre de me voir péter les plombs en un instant !

Au moment où je demande l'addition, tu me dis que tu aimerais passer la nuit à Lausanne... avec moi.

Je te regarde sans comprendre. Tu n'as fait que parler de tout autre chose pendant le repas ; pas d'allusion à quoi que ce soit d'intime entre nous. Même chose pour moi, sauf que je me disais que je te trouvais belle et attirante et que je pensais que ce n'était sûrement pas réciproque.

À ce moment-là, je n'imagine rien.

Je me dis qu'il faut prendre le train quand il passe.

Je prends une chambre à l'hôtel.

Nous ne nous touchons pas avant de refermer la porte. C'est toi qui prends les choses en main, c'est toi qui sais ; moi, timidement, je réapprends les gestes enfouis depuis si longtemps. Il me semble même que j'arrive à te faire du bien, que tous les discours de Camille n'ont plus aucun sens. Tu as voulu ne laisser allumée que la petite veilleuse de la salle de bain ; elle suffit pour se deviner. Pas besoin de lumière pour se trouver et se rejoindre. Je découvre que j'existe à nouveau, que mon corps existe à nouveau.

Tu es tendre et douce. Pas de mots d'amour, il n'y a pas d'amour, juste quelque chose qui bat dans la nuit et me terrifie.

Je voulais éviter ces passions adolescentes qui donnent la fièvre à ceux qui croient au bleu éternel... J'y vais tout droit !

Il n'y a pas d'amour mais tu fais comme si...

Mais peut-être que tu ne fais pas semblant...

Peut-être que tu as eu envie que je te fasse exister, toi qui sors d'une liaison orageuse et n'es pourtant pas prête à prendre un nouveau risque...

Il n'y a pas d'amour, mais je sais que si tu me demandes de tout quitter pour te suivre, je n'hésiterai ; parce que sentir que, de nouveau, je peux bander, jouir et faire jouir, c'est quand même un grand pas vers l'abîme...

On m'avait pourtant bien fait comprendre que je n'étais bon à rien...

Et je n'en avais tiré qu'une seule conclusion : vivre autrement, faire abstraction, partager tout, sauf l'amour, comme si les histoires de cul n'avaient qu'une importance dérisoire dans les histoires de cœur !

J'étais sans défense, sans méfiance, persuadé que Camille avait raison et que notre vie valait la peine.

Je viens de changer d'idée.

Le lendemain, nous nous baladons dans Lausanne. Il fait beau et doux, les arbres ont encore des feuilles et nous croisons pas mal de monde sur les bords du lac. On a le sentiment que toute la ville s'est donné rendez-vous sur les berges pour flâner, prendre l'air et le soleil. Beaucoup sont assis à même la pierre, adossés aux murs des quais qui longent les flots calmes. Nous décidons de rentrer à Évian en fin d'après-midi. Nous avions presque oublié que nous étions des touristes. Tu es plus bavarde que la veille. Tu es blottie contre moi et songes à prolonger un peu ton séjour. En même temps, tu t'inquiètes pour ton roman... Tu vas avoir du mal à rester concentrée...

Je ne te vois pas les deux jours suivants. Tu me laisses des messages à la réception pour m'expliquer que tu as besoin d'être seule pour avancer ton ouvrage, que tu ne regrettes rien mais que ce temps perdu ne se rattrape jamais.

Dire que je m'en moque n'est pas vrai. Tu me manques déjà, j'ai envie de toi ; j'ai redécouvert le plaisir et j'en veux encore. Mais je respecte tes souhaits. Si tu as besoin de solitude pour avancer sur un projet, je ne peux que le comprendre. Quand je passais l'internat, j'avais moi aussi envie qu'on me laisse réviser en paix.

Je ne t'ai même pas demandé de quoi parle ton livre, je n'y ai pas pensé. Tu m'as tellement embrouillé avec toutes ces histoires d'écriture, de film, de liaison interrompue, de mal-être, que je ne t'ai même pas questionnée.

Je ne téléphone pas à Paris.

Dans mon service, j'imagine que ce n'est pas encore la panique. J'ai prévenu que j'avais besoin de prendre l'air, mais j'en connais certains qui doivent quand même se demander ce que je deviens.

Je voudrais que Camille n'existe plus. J'ai envie de me dire qu'elle n'existe pas ; j'ai surtout envie de croire à cette existence que je t'ai décrite. Et j'ai envie de croire à ces mensonges que j'ai débités sans sourciller : j'ai commencé à glisser dans l'inconnu et je veux voir jusqu'où j'irais...

Dans la nuit du deuxième au troisième jour après notre retour, mon téléphone a sonné à trois heures douze du matin.

C'est toi. Tu me demandes si tu peux me rejoindre. La nuit est la même que celle de Lausanne, en mieux. En dix fois mieux. J'ai l'impression d'être quelqu'un d'autre, d'avoir retrouvé mes marques. C'est moi qui invente et propose ; c'est toi qui te laisses faire et m'encourages.

Je perds la tête, de plus en plus, et je me demande comment j'ai pu rester tant d'années sans faire l'amour.

Tu t'excuses pour ton silence de ces deux derniers jours en le justifiant par le fait que tu as écrit une vingtaine de pages. Devant mon mutisme, tu t'étonnes, me disant que je devrais être admiratif. Je t'explique que je ne me rends pas compte de la difficulté de l'entreprise et qu'en conséquence je ne suis pas à même d'apprécier.

Je ne te l'ai toujours pas demandé, mais tu me dis spontanément que ton roman raconte l'histoire d'une fille qui déteste les hommes pour des raisons un peu floues. Elle les hait depuis son enfance et, poussée à bout, serait capable d'en tuer un...

Ce sujet m'étonne ; tu me sembles bien incapable d'écrire des choses pareilles.

Tu me rétorques que les idées viennent toutes seules, que tu ne sais pas comment, que c'est comme si quelqu'un dictait dans ta tête.

Tu tiens à souligner que ce n'est en aucun cas autobiographique.

Peut-être qu'à ce moment-là j'ai comme un flash, comme un doute, mais je n'en suis pas sûr aujourd'hui.

Nous ne nous voyons pas les deux jours suivants et puis, le troisième jour, j'ai un nouveau message.
Tu es rentrée à Paris.
Tu dis que tu ne pouvais plus travailler à l'hôtel. Tu laisses un numéro de portable et une adresse e-mail.

C'est comme si j'étouffais. Je n'arrive plus à respirer. Quelque chose m'a échappé, je n'ai rien vu venir. Je suis dévasté par le départ d'une femme que je ne connaissais pas une semaine plus tôt, dévasté et incapable de réagir.

Le concierge me regarde en douce, l'air inquiet ; il se demande si je ne vais pas avoir un malaise.

7

Plusieurs mois après le séjour chez Sophie, Laura avait perdu sa grand-mère et avait alors décidé d'emménager dans la maison d'Orsay. En attendant de peut-être la vendre pour payer les frais de succession, sa sœur et son frère ne voyaient pas d'inconvénient à ce qu'elle s'y installât. Elle avait rendu son appartement du boulevard Raspail et déménagé le peu de meubles qu'il contenait. Sophie et son mari l'avaient aidée. Elle avait loué une camionnette et quatre voyages avaient suffi. S'entassaient dans le véhicule les choses auxquelles elle tenait, quelques tableaux, une commode et une armoire, trois canapés, des grandes poupées en tissu achetées lors d'un voyage à Los Angeles, un grand lit japonais posé sur des lattes, des sacs de fringues : elle en avait tellement qu'elle ne savait plus où les mettre mais elle gardait tout, pour le cas où... Même chose pour les paires de chaussures. Elle n'avait pas compté mais elle savait qu'elle aurait une surprise !

Et puis elle avait emporté tout ce qui était les souvenirs, les cadeaux que certains garçons lui avaient offerts, des bijoux, deux appareils photo, une machine à écrire électronique, une mini-chaîne, une télé... Elle avait aussi des tas de disques qu'elle n'écoutait jamais, ou rarement. Il y avait très peu de livres. En fait, elle lisait assez peu, que les journaux. Elle achetait tout, des quotidiens aux hebdomadaires, il fallait qu'elle lise la presse. Elle achetait aussi deux, trois magazines mensuels et ne jetait rien. C'était comme les fringues, on pouvait un jour en avoir l'usage. Comme elle avait toujours l'intention d'écrire, plus tard, elle se disait que si elle avait besoin d'infos, elle les trouverait là-dedans. Ce fatras avait pris la moitié de la camionnette. Ses amis avaient repeint la maison avec elle.

Elle s'était retrouvée locataire d'une demeure ravissante avec un grand jardin, une terrasse sous une verrière, en plein cœur de la vallée de Chevreuse. Elle avait cru que l'endroit lui rappellerait des mauvais souvenirs mais il n'en avait rien été. Au contraire, les moments agréables de son enfance lui revenaient maintenant en mémoire.

À l'époque, elle n'avait pas encore envie de prendre une revanche sur le monde.

Petite fille, elle passait ses vacances avec deux cousins, François et Guillaume, les enfants de la sœur de son père. Orsay signifiait cavalcades dans le jardin et les couloirs de la maison, batailles de boules de neige l'hiver, sapin grandiose à Noël. Sa grand-mère aimait faire des cadeaux à ses petits-enfants. Autant elle était pingre avec ses parents, autant elle pouvait être généreuse avec les petits.

Beaucoup plus tard, Laura avait tout regardé avec d'autres yeux, et, un jour, elle avait tiré un trait sur beaucoup de choses simples, sa famille par exemple.

Elle ne les supportait plus. Elle les trouvait nuls, sans ambition.

Quand elle pensait à sa sœur, responsable d'un service dans une grande entreprise, elle lui reprochait son manque d'envie et de curiosité. Son frère avait droit au même traitement, d'autant plus qu'il avait toujours réussi à passer à travers les mailles de tous les filets. Il avait échappé au service militaire et réussissait, depuis des années, à s'en sortir grâce à des combines diverses, pas malhonnêtes mais...

Il avait aussi un certain talent pour vivre aux crochets des filles qu'il séduisait. Il devait y avoir dix ou douze ans qu'il n'avait pas payé un loyer. Il squattait chez ses fiancées qui ne disaient rien... L'amour est aveugle.

Laura les aimait infiniment mais méprisait leur façon de vivre.

De temps en temps, elle regardait sa vie à elle et redevenait lucide.

Ça ne la faisait pas rire, loin de là. Elle comprenait qu'elle ne valait pas mieux que ceux qu'elle jugeait.

Elle valait même moins... Eux au moins travaillaient. Sa sœur devait rendre des comptes et, même si elle gagnait très bien sa vie, elle méritait. Idem pour son frère. Quand Paul l'avait traitée de ratée, aussi dur que ça puisse être de l'admettre, il avait raison.

Elle n'était pas prête à bouger le petit doigt pour que les choses arrivent. Pour frimer et passer pour une autre, elle savait comment s'y prendre mais faire ses preuves, étonner par son talent ou son acharnement, se débrouiller pour atteindre ses objectifs, elle y avait renoncé depuis longtemps.

Toujours dans ses rares instants de lucidité, elle savait que tout avait toujours été trop facile...

Que pouvait-elle y changer ? Quand on a la chance d'être belle et bien foutue, on séduit facilement. Aucun effort à faire. Elle n'ignorait pas, cependant, que c'était des fausses excuses...

Toutes les filles belles ne pensaient pas comme elle...

Elle était un mauvais exemple.

Elle était à part et ne savait pas pourquoi. Parfois, elle était tellement snob qu'elle souriait quand elle s'en rendait compte. Quand elle s'imaginait travaillant, elle se voyait dans des métiers chics, entourée de lumière, comme si le fait d'agir dans l'ombre sans avoir à profiter de son physique était inconcevable.

Pendant un dîner, un copain de Sophie lui avait proposé une place de journaliste pigiste à la télé... C'était un job qui pouvait devenir intéressant mais qui demandait qu'elle fît ses preuves. Celles-ci passaient par quelques mois d'apprentissage dans les bureaux de la chaîne en question. Après, elle aurait eu, peut-être, l'opportunité de partir sur le terrain accomplir un travail plus passionnant que de monter des dossiers pour envoyer des équipes en reportage. Le premier matin, quand elle s'était retrouvée dans un couloir aux murs décrépis et qu'on lui avait montré le petit bureau derrière lequel elle devrait rester huit heures par jour, elle s'était enfuie.

Elle n'était plus jamais revenue ; elle n'avait pas su expliquer pourquoi elle avait renoncé.

Elle n'avait jamais remis les pieds au siège de la chaîne.

Dans son esprit, pigiste ou grand reporter à la télé, ça devait être pareil... Elle était incapable d'accepter le fait qu'elle n'y connaissait rien. Elle affirmait que, dans des métiers comme ceux-là, on apprenait plus sur le terrain que dans un bureau. Elle ne comprenait pas qu'avant d'être envoyée en reportage, elle devait avoir été présente, vue, remarquée...

Du jour au lendemain, elle se devait d'être star dans son domaine !

C'est à ce genre de caricature d'elle-même qu'elle était confrontée quand elle était lucide.

Elle avait été effleurée à plusieurs reprises par l'envie de se suicider... Elle s'était dit à quoi bon, à quoi bon continuer à vouloir quand on ne se donnait pas les moyens d'avancer. Dans ces moments-là, elle était capable de se laisser glisser jusqu'au fond, tout en bas ;

bourrée de somnifères, elle ne voulait surtout pas affronter la moindre parcelle de réalité. Cet état pouvait durer des semaines. Et puis, elle redressait la tête, émergeait de sa torpeur.
Sortie de ses doutes, elle recommençait à se laisser vivre.
À d'autres périodes, quand la déprime était moins marquée mais qu'elle n'avait pas envie de voir le monde, elle s'enfermait chez elle et noircissait des blocs de papier qui, en général, finissaient dans la corbeille.
C'était bien après son escapade au Brésil.
À la suite au succès des chansons qu'elle avait écrites, on lui en avait demandé d'autres. Elle s'y était remise mais sans inspiration, comme si elle avait eu la chance des débutants. Elle avait senti que la source était tarie.
Depuis, ses mots n'existaient plus.
L'énergie lui manquait.
Elle avait alors pensé que la cocaïne qu'elle sniffait lorsqu'elle écrivait ses premières chansons lui avait peut-être ouvert l'esprit et avait donné des ailes à ses idées.
Elle avait recommencé. Peine perdue. Les mots ne revenaient pas.
Sa grand-mère était morte quelques mois plus tard.
C'était à ce moment-là qu'elle avait décidé de changer d'environnement.
Elle n'était pourtant pas certaine de pouvoir vivre éloignée de Paris. S'enfermer à la campagne lui avait d'abord paru stupide, et puis elle avait pensé que l'économie du loyer lui permettrait de payer l'essence pour aller à Paris... Elle ne prendrait pas l'autoroute aux heures de pointe. Ce ne serait pas un problème. Elle revivait. Elle se demandait même si elle n'allait pas tirer un trait sur sa vie d'avant. Elle se sentait bien dans cette grande maison repeinte en blanc. Elle avait empilé les meubles de sa grand-mère au grenier et les avait remplacés par les siens. Il y en avait peu, ce qui donnait à l'espace une atmosphère très zen. Elle, qui sortait

beaucoup et n'avait jamais fait la cuisine, avait déniché dans la maison des livres de recettes et avait commencé à se mettre aux fourneaux. D'abord pour elle toute seule et puis pour Marie, une fille rencontrée au Festival de Deauville, une amie qu'elle avait installée dans une des chambres du premier. Elle la trouvait belle et sympa, intelligente ; elle parlait bien.
Elle l'avait invitée.
Elle n'avait jamais invité personne à Orsay avant. D'abord parce qu'elle avait peu d'amis – elle n'avait pas gardé de bonnes relations avec ses ex. Quant à sa sœur et son frère, elle préférait les voir ailleurs... ou ne pas les voir du tout.
Elle se sentait bien seule.
Marie, c'était autre chose.
Quand elle s'était risquée à faire la cuisine, elle s'était découverte plutôt douée ! Ses préparations étaient bonnes.
Du coup, elle ne décollait plus d'Orsay et avait même entrepris de lire des romans pour remplacer sa boulimie de journaux. D'ailleurs, elle n'en achetait plus.
Elle faisait les choses avec compulsion, passait de tout à rien, comme ça.
Si elle s'était écoutée, elle aurait gardé cette maison le reste de sa vie et y aurait vieilli toute seule ou presque, sans histoires de boulot ou d'amour boiteuses !... La vraie vie !
Elle avait pas mal d'argent sur son compte en banque... Plutôt que de se motiver pour écrire, le fait d'habiter la campagne dans ces conditions lui avait rouvert des horizons de farniente.
Elle connaissait déjà et savait le cultiver. C'était parfait.
Et puis Marie était venue un soir la rejoindre dans sa chambre. Elle n'avait pas encore envie de lui demander de s'en aller, elle trouvait sa compagnie et ses attentions agréables mais elle avait de plus en plus de mal à fonctionner.

Elle s'était souvenue de ce voyage qu'elle avait fait à Évian, une semaine qu'un de ses amants, marchand d'armes, avait décidé de passer en France.

Il avait des rendez-vous en Suisse et connaissait un très bel hôtel sur le golf d'Évian. Elle l'avait accompagné ; elle avait passé le séjour presque seule mais s'était bien reposée. Elle avait fait un peu de golf, assez pour se rendre compte que ce n'était pas trop son truc et qu'elle était assez maladroite.

C'était ce souvenir-là qui l'avait décidée à repartir au bord du lac Léman.

8

C'est à moitié cassé que j'avais pris le chemin du retour vers Paris.

J'avais un poids sur l'estomac et dans la tête quelque chose m'empêchait de réfléchir. Aucune envie de retourner vers ma vie, de faire semblant, de sourire ou même de dire bonjour. J'étais allé à Évian pour changer d'air. Je revenais perdu et incapable de remettre mes pas dans mes traces. Camille allait me poser des questions.

Pourquoi ce silence et cette mine défaite ?

Elle ne se douterait de rien.

Depuis des années elle m'avait rangé dans un tiroir avec, sur le front, une étiquette où elle devait avoir écrit *gentil mais hors d'usage, charmant mais hors d'état de s'émouvoir.*

Si je lui racontais Laura, elle se foutrait de moi. Elle me plaindrait, ferait celle qui me connaissait bien mais n'avait pas encore eu l'occasion de se frotter à ma mythomanie.

Dans sa tête, mon cas était entendu.

J'étais un bon garçon, je présentais bien, j'aimais le luxe d'une vie sans ostentation où le raffinement le disputait à l'élégance.

J'avais quelques-unes de ces qualités qu'on pouvait rechercher chez un homme de cinquante ans disposant d'une certaine aisance financière, mais je ne valais pas un caramel en amour.

Depuis le temps qu'elle me pratiquait et qu'elle m'étouffait, elle était sûre de tout savoir de moi, même les choses que je cachais ! Alors si jamais j'avais évoqué Évian et Lausanne, je serais passé pour qui ? À moins qu'après tout elle ait pensé que ce n'était jamais par hasard qu'on avait tissé un silence impénétrable, que ce n'était pas sans raison qu'on avait préféré ne plus exister même pour les proches !

Elle partageait mon existence depuis plus de vingt ans et je souhaitais qu'elle me libérât, qu'elle s'éparpillât aux quatre vents, qu'elle n'existât plus. Et simplement parce que j'avais eu le malheur de me redécouvrir vivant, j'aurais bien aimé qu'elle fût morte...

Qui peut dire qu'il ne va jamais être effleuré par l'envie de se débarrasser de quelqu'un ?

Qui peut affirmer que jamais cette pensée ne le traversera ?

À vrai dire, j'avais, depuis déjà quelque temps, eu envie de me séparer de Camille. Sûrement qu'elle aussi. Mais séparation ne voulait pas dire élimination physique... Si tous ceux qui souhaitaient divorcer envisageaient la mort, où en serions-nous ? Dans le train du retour, je souriais en m'imaginant ouvrir ma petite entreprise de nettoyage par le vide. Et je voyais défiler les titres des journaux : *Un psychiatre de tout premier plan soupçonné du meurtre de sa compagne... Lire les détails en page trois !*

Je souriais parce que ça dépassait l'entendement : quand on me connaissait un peu, de tels délires étaient inconcevables. D'abord je faisais partie d'un monde où la violence était plutôt un mot abstrait, hormis dans mon service, à l'hôpital, où certains patients avaient atterri à cause d'elle et de ses conséquences. Ensuite je ne brillais pas par mon courage… J'étais peut-être assidu et volontaire dans mon travail, volontaire mais de là à imaginer que j'aurais assez de cran pour assassiner quelqu'un, il y avait un monde…

Je ne sais pas pourquoi je te raconte tout ça Laura, peut-être parce que ça me fait du bien, peut-être aussi parce que j'ai besoin d'en parler pour comprendre, ou pour essayer.

Peut-être aussi parce que tout un pan de ma vie me revient par bribes…

La mort, la mort toujours, et l'ombre imprécise de celui qui la donne et qui en rit.

J'ai toujours mal à la tête, l'aspirine n'y aura jamais rien changé.

Plus le temps passe et plus j'ai mal.

J'étais arrivé rue Molitor. Tout était dans le même état qu'à mon départ, l'appartement, mon ennui, mon univers, Camille.

Elle était là quand j'étais rentré ; elle n'avait même pas eu l'air surprise et avait juste prononcé un mot : déjà !

Belle entrée en matière. Pas « bonjour », pas « je suis contente de te revoir », pas « tu m'as manqué », seulement « déjà »…

On en était là, à ce point de non-retour où même les mots étaient fatigués.

J'avais répondu qu'il faisait froid à Évian, que ce n'était pas ce souvenir-là que j'en avais, que peut-être sa présence de l'époque avait rendu le premier séjour attrayant. Je faisais des efforts pour être aimable. Je ne savais même pas si elle en était consciente.

Je lui avais dit que, sans elle, Évian ne pouvait pas être un endroit important, et elle me regardait avec l'air de dire : « Ne te fous pas de moi… »

J'avais posé mon sac de voyage sur le lit et j'avais été prendre une douche.

J'étais resté quarante-cinq minutes sous l'eau, à réfléchir, à essayer de rendre cohérent le flot de pensées qui tournaient dans ma tête. C'était toujours sous la douche que je réfléchissais le mieux.

J'étais capable de rester planté là pendant une heure, une heure pendant laquelle je mettais de l'ordre dans mes délires, dans mes comptes, dans ce qui s'apparentait à ma vie. Quand j'étais sous cette cascade presque bouillante, je n'avais aucune autre envie, surtout pas celle d'aller à l'hôpital, encore moins de jouer les chefs de service. Pourtant les autres comptaient un peu sur moi.

Je devais être le moteur, celui qui motivait, qui donnait l'énergie.

S'ils me voyaient, de l'eau plein les yeux en train d'écouter tranquillement ma radio amphibie sous la douche, il me semblait qu'ils en auraient un peu moins attendu de moi.

Cependant, quand j'étais dans mon service, je m'intéressais à ce qui s'y passait.

Ne te méprends pas Laura, quand je travaille je suis quelqu'un de sérieux, en tout cas je l'étais...

Les souffrances mentales des autres me désolent.

J'ai toujours eu envie de voler au secours des détresses, qu'elles soient physiques ou psychologiques. J'ai appris un certain nombre de choses pour faire face, pour essayer de guérir.

La douche m'avait fait du bien. Camille avait fini par m'adresser la parole. Elle m'avait jeté à la figure que si c'était pour avoir cette tête-là au retour d'une semaine de repos à Évian, on était en droit de se demander à quoi servaient les vacances !

Il n'y avait aucune raison pour qu'elle fût désagréable, à part le fait que je n'avais pas pris la peine de donner des nouvelles.

J'aurais pu la balancer par la fenêtre tellement elle m'exaspérait.

Elle n'avait pas tort. J'avais l'air d'un déterré, j'étais pâle comme un type qui ne dormait pas assez. Sauf qu'il ne fallait pas se fier aux apparences. À l'intérieur, la machine était neuve, pleine d'une énergie inconnue et absente depuis des lustres, une énergie qui me confortait dans mes envies d'autre chose. Ce qui commençait aussi à m'apparaître, c'était le non-intérêt de tout ce que j'avais cherché à bâtir autour de moi, à coups d'argent et de récompenses.

Cet appartement immense, j'en avais rêvé. Camille aussi. Il avait vu le jour, nous ressemblant de plus en plus. Chaque meuble et chaque objet y avaient été choisis avec le plus grand soin. Pas de faute de goût.

Les tableaux sur les murs faisaient partie de moi. Je les avais aimés et désirés avant d'enchérir pour les posséder. Ils étaient mes repères.

Quand je les regardais, Laura, j'oubliais que je n'aimais plus Camille comme avant et qu'elle ne voyait plus en moi celui pour qui elle avait un jour éprouvé de l'amour.

Aujourd'hui, je croisais les taches de couleur, les coups de pinceaux et je me demandais pourquoi ce n'était pas toi qui étais là avec moi dans ce décor.

Je n'étais prêt pour rien. Je n'attendais plus grand-chose de cette vie qui m'avait presque comblé. Tu étais repartie aussi vite que tu étais arrivée mais tout avait changé, tout était déjà différent même si de ta présence ne restait qu'un numéro de téléphone, une adresse e-mail et l'impression étrange d'avoir, sans le vouloir, croisé pour rien le chemin d'une autre vie.

Je me savais enfermé dans un piège ; la seule façon d'en sortir serait brutale et dramatique. Je ne pourrais pas longtemps jouer à être comme avant, je ne saurais jamais faire semblant, continuer le même chemin avec sérénité comme si jamais rien ne s'était passé...

Ce n'était simplement pas possible.

Il avait fallu beaucoup d'années pour que je devienne.

Il avait suffi d'un regard pour qu'enfin je me ressemble.

9

Laura a retrouvé la maison de sa grand-mère. Marie a retrouvé Laura et Orsay. Laquelle est la plus heureuse, difficile à dire. Marie est allée la chercher à la gare. Laura avait envie de lui parler, de la revoir. Elle lui a téléphoné du train. Elle lui a précisé son heure d'arrivée. Laura ne comprend pas bien ce qui l'a poussée à coucher avec Raphaël. Il ne lui plaît pas, ne lui a jamais plu. Elle a accepté l'invitation à dîner sans réfléchir... Elle a pensé que si elle disait oui, elle aurait la paix. À un moment, elle a eu envie de lui. Son regard l'a attirée, une pulsion qu'elle ne s'explique pas mais qui a existé.

Cette aventure la met mal à l'aise... Même si elle essaie de trouver des explications rationnelles, elle a du mal à comprendre.

Il n'est pas beau. Il a du charme, c'est vrai. Et voilà ! Elle a eu envie. Pourquoi pas après tout ? Il lui a confié qu'il n'avait pas fait l'amour depuis longtemps et qu'il faudrait lui pardonner ses maladresses... Elle en garde pourtant un souvenir ému. Elle a l'impression qu'elle n'a pas éprouvé un plaisir semblable depuis longtemps...

Elle hésite à tout raconter à Marie, Marie si imprévisible, Marie capable du pire comme du meilleur, Marie qui la considère comme sa propriété. Marie n'est sûrement pas prête à tout accepter de Laura.
Elle l'aime. C'est passionnel. C'est venu peu à peu. C'est presque par hasard qu'elles ont couché ensemble.
Plus tard, beaucoup plus tard, elles ont recommencé et Marie en a déduit que ce n'était plus du hasard : Laura l'aimait peut-être un peu aussi !
Quand elle lui pose la question, Laura se met à rire, lui explique sa préférence pour les hommes... Si elle se laisse parfois aller à l'accueillir dans son lit, c'est plus par tendresse que par amour...
Marie s'en contente.
Si c'est ça la tendresse, elle est partante, elle n'en demande pas plus !
Finalement, Laura a préféré ne rien dire de cette rencontre sans lendemain. Elle n'a pas envie des larmes de Marie, des gémissements de Marie, des questions à n'en plus finir de sa colocataire.
Par moments, elle est à deux doigts de lui dire qu'elles ne se verront plus, que ça ne rime à rien...
À une époque, pourtant, elle a eu une vraie affection pour Marie. Avec son air d'enfant perdu, cette fille aurait attendri n'importe qui... C'est son arme favorite, le côté *protégez-moi je suis paumée, j'ai tant besoin d'une épaule amie...* Ça marche à tous les coups ! Sauf qu'aujourd'hui Laura en a assez. Elle n'a qu'un souhait, se retrouver seule dans cette maison et qu'on lui fiche la paix, qu'on ne lui parle pas, qu'on n'attende rien d'elle.
Malgré tout, malgré ce qu'elle se répète au sujet de Raphaël, elle a beaucoup pensé à lui depuis son retour. Elle ne peut pas le joindre, elle n'a pas ses coordonnées. Elle serait mal venue de se plaindre, c'est elle qui a décidé de prendre le large, elle qui a mis un train entre eux sans prévenir !

Elle n'avait aucune raison de rentrer à Paris. Elle aurait pu même faire en sorte qu'il l'invitât pour un séjour prolongé. C'était plutôt comme ça qu'elle avait eu tendance à fonctionner depuis des années... Pourquoi en a-t-il été autrement ? Elle n'en a aucune idée... Peut-être que Raphaël lui plaît et qu'elle n'admet pas l'évidence.

Elle a fui... Elle déteste la dépendance liée à l'amour.

L'amour, ce n'est plus sa tasse de thé.

Elle a tiré l'échelle depuis longtemps, depuis Paul.

Maintenant, elle profite, elle vit, elle dirige.

Ce n'est quand même pas une pseudo histoire avec un psy qui va la changer !

Elle est couchée sur son lit avec la tête de Marie sur le ventre. La nuit a été agitée. Elles ont fait l'amour plusieurs fois, comme s'il fallait rattraper Évian, tous ces jours passés sans se voir... Et, plus elles se caressaient et se faisaient du bien, plus Laura avait envie de sentir un homme en elle. Marie ne s'est doutée de rien. Laura était ailleurs mais ses soupirs et ses cris n'avaient rien de simulés. Marie sait où mettre ses doigts et sa langue pour que Laura ne puisse plus se retenir, mais ce que lui a fait Raphaël est tellement différent... et elle peut difficilement l'expliquer à Marie !

Les filles, c'est pas son trip. Juste une expérience, le « pourquoi pas » qui donne l'excuse de passer à l'acte.

Elle a de plus en plus de mal à savoir où elle se situe, ce qu'elle aime, ce qu'elle souhaite. Elle est allée à Évian sans raison précise, elle croise un type incolore, un homme qui n'aurait jamais dû l'intéresser et elle se laisse draguer...

Elle n'arrive pas à se reconnaître !

Elle se ressemble de moins en moins ; elle en est à se demander comment tout cela va finir.

10

Les premiers jours après mon retour avaient été terribles.

J'avais perdu mes marques. À l'hôpital, j'étais incapable de réfléchir, indifférent à toute tentative de dialogue. J'étais hors d'état de faire le moindre diagnostic, de suggérer la moindre ligne thérapeutique, allergique à la moindre idée qui m'aurait obligé à sortir de mon mutisme.

Ils avaient vite compris que je n'étais pas d'humeur, qu'il s'était passé quelque chose dont je ne voulais pas parler.

Je n'avais plus que le titre de chef de service. Il ne fallait, en aucun cas, attendre de moi la moindre décision ! Je restais assis dans mon bureau sans même poser de questions sur les patients.

Je n'étais pas là, Laura, et si je t'en parle aujourd'hui, c'est parce que c'est toi qui avais cassé la belle machine dont j'étais si fier, toi qui avais mis en péril l'équilibre qui faisait ma force.

On m'avait montré en exemple pour ça.

On n'allait plus tarder à me montrer du doigt pour d'autres raisons.

J'étais en manque, en manque de toi, en manque de cette existence nouvelle, à peine entrevue. Je venais de voir l'horizon. J'avais posé mes yeux au-delà de cette monotonie luxueuse et quotidienne à laquelle j'avais depuis longtemps attribué tous les attraits. Celui d'avant s'était évanoui. Je n'aurais même pas su où chercher pour essayer de le retrouver ! J'étais en manque de celui que j'avais croisé à Évian, ce Raphaël bis dont je ne savais même pas qu'il eût pu exister.
Et tout était de ta faute.
Te rencontrer m'avait fait mettre le doigt sur des blessures dont je ne voulais même pas connaître l'existence. J'avais été face au vide de ma vie, le vide des faux-semblants qui me donnaient l'impression d'être quelqu'un.
Je m'étais nourri d'apparences.
Tout était faux, archifaux.
Tu m'en avais fait prendre conscience.
Maintenant j'étais nu et, surtout, perdu dans un monde que je ne reconnaissais pas.
Merci Laura… Mais est-ce bien le mot qui convient ?
Peut-on dire merci à celle qui a fichu votre vie en l'air ?
Ceux qui m'entouraient étaient sur leurs gardes. Un bonjour poli quand j'arrivais, un bonsoir presque sans sourire quand je partais. Entre-temps, j'avais presque été là.
Il n'y avait que Gilles Kopp qui avait osé.
Il était le seul à m'avoir demandé comment s'étaient passées mes vacances, si Évian ressemblait toujours à ce que j'avais dans la tête avant de partir. Il me connaissait et me pratiquait depuis des lustres. Je peux même dire qu'il me supportait malgré mes défauts. On aurait pu croire que nous étions amis… Nous avions fait nos études ensemble et le hasard a fait que nous nous étions retrouvés dans le même hôpital. Alors, forcément, il passait de temps en temps dans le service ; soit parce qu'il

avait des malades qui relevaient de ma spécialité, ou plus simplement parce qu'il avait envie de boire un café avec quelqu'un qu'il aimait bien et qui, d'ailleurs, l'appréciait. Il était resté célibataire. Nous l'invitions à la maison quelquefois pour dîner. Il savait depuis longtemps ce qui ne se passait plus entre Camille et moi. Il connaissait l'étendue des dégâts, sur le plan sexuel en tout cas. Nous avions dû en discuter, un jour, comme ça, bien que je ne fusse pas du genre à me confier !

Il savait mais il n'en parlait pas et je ne faisais d'ailleurs rien pour que la conversation s'orientât vers le sujet. J'étais trop pudique et finalement trop réservé et timide pour avoir envie de m'engager sur ces chemins-là !

Je ne lui avais pas parlé de toi, Laura.

Je ne lui avais rien dit, d'abord parce qu'il n'y avait rien à dire − n'oublie pas qu'au début j'ai laissé des messages au numéro que tu m'avais donné mais tu ne m'as jamais rappelé...

Et puis je n'allais pas lui avouer comme ça, de but en blanc, que depuis que j'avais croisé ton regard je voulais que Camille disparût ! Il n'aurait bien sûr pas compris que je parlais d'élimination définitive.

Il aurait pensé divorce : chacun vit sa vie, on reste amis... Si jamais je lui avais précisé le fond de ma pensée, il aurait hurlé de rire ou demandé à l'un des internes de mon service de me placer en observation...

J'avais fait semblant, pendant des années, à travers mon parcours et une certaine forme de réussite sociale.

Maintenant Laura, je fais semblant aussi, mais c'est beaucoup plus difficile.

Maintenant je fais semblant de ne pas être cinglé.

Le grand mot est lâché, cinglé !

Je suis supposé m'occuper d'eux et c'est moi qui suis devenu cinglé.

Pas un gentil cinglé, un raisonnable, un qui se contente d'avoir quelques pulsions et quelques fantasmes mais ne va jamais jusqu'au bout...

Non, je suis entré d'un coup, sans prévenir, dans la catégorie la pire, celle des barjos déterminés, les froids, les calculateurs, les sans-remords et sans états d'âme ! Tout était en place, depuis longtemps. Le reste n'était que façade ; le fond, le vrai fond, c'est ça : quelqu'un qui se moque depuis longtemps des conséquences de ses actes pourvu que ce qu'il a dans la tête soit mené à bien...
Terrifiant !
Surtout pour les autres, qui ne peuvent pas savoir... Comment deviner ce qui se cache sous le masque ?
Tu as tout réveillé Laura, tout réveillé et je sais maintenant que tu étais prête à en assumer les conséquences, les meilleures et les pires, les belles et les sordides.
Grâce à toi, j'ai recommencé à y penser, à y penser très fort.
J'allais la faire disparaître, elle n'existerait plus, elle allait prendre ses cliques et ses claques, ne serait plus qu'un mauvais rêve et moi, je serais libre, libre d'être avec toi, libre d'être cet autre, cette face cachée que personne, jamais, n'a devinée et aussi cet étranger que j'ignorais il y a si peu de temps et qui a fait surface à Évian !
Camille allait mourir.
Elle allait s'envoler, s'éloigner à jamais du paysage sans rides de ma vie rêvée.
Plus j'y pensais, plus je savais que j'allais rejoindre ces rivages dont j'essayais d'éloigner ceux que je soignais.
J'étais prêt à plonger dans le néant, au risque de ne plus remonter, mais je t'avoue Laura que, à ce moment-là, cela ne me gênait pas.
Il fallait que tu puisses être là et, pour cela, Camille devait mourir.

11

Depuis quand est-ce que je vis avec lui ? Vingt ans ? Moins ? Plus ? J'ai perdu toute notion. Je suis fatiguée, si fatiguée de le voir se regarder devenir. Jamais je n'aurais pensé qu'il évoluerait ainsi, qu'il deviendrait un jour cette caricature, ce monsieur sûr de sa réussite et de son apparence, ce type parfois imbuvable à force de suffisance et de contentement de soi.
 Je n'aurais jamais dû me fier à lui.
 J'avais l'avenir devant moi, toutes les opportunités ; et c'est lui que j'ai choisi. Quelle idiote !
 En fait, quand j'y repense, il a toujours été plus ou moins comme ça.
 Le trait s'est juste épaissi. On pouvait déjà tout deviner quand il avait vingt ans. Il n'a pas changé.
 C'est moi qui le regarde et qui le découvre tout autre mais il n'a pas changé. L'étudiant intelligent mais pas vraiment bosseur, celui qui donnait l'impression d'une certaine facilité, est devenu, un jour, le plus jeune chef de service de psychiatrie de France, et son talent le pousse de plus en plus haut...
 Il a gardé la même allure. Il s'habille toujours de la même façon, jamais rien qui puisse attirer l'attention, toujours très classe, très digne.

Je n'ai rien à dire, je suis pareille.
C'est sûrement pour ça qu'on s'est trouvés, qu'on a dû se plaire et qu'on est toujours ensemble.
On ne se touche plus depuis longtemps ; si longtemps que j'en ai presque oublié si j'aurais du dégoût ou du plaisir s'il lui venait l'idée de me refaire l'amour...
Ce n'est plus de l'amour, d'ailleurs...
Je ne sais pas ce que c'est. Ça ressemble à un mélange de complicité, d'amitié, de camaraderie un peu tendre, mais ça n'est sûrement plus de l'amour.
Alors, faire l'amour, aucun risque. On pourrait peut-être baiser, pour peu qu'une envie revienne, mais faire l'amour, quelle idée !
On a pourtant traversé des choses agréables ensemble, comme si le fait d'avoir un peu d'argent pouvait tout rendre lumineux, attirant, comme si le fait de pouvoir décider de partir au bout du monde dans l'heure qui suit rendait forcément heureux.
J'aurais du mal à dire que je n'en ai pas profité ou qu'il n'a pas essayé, à sa façon, de me faire plaisir. Il a souvent fait beaucoup pour qu'on s'approche ensemble de l'idée qu'on avait du paradis, l'idée qu'on avait d'une certaine forme de bien-être.
Je ne peux pas le nier, il a été là, souvent, beaucoup, et même si nos peaux n'avaient plus la moindre envie de refaire connaissance, on essayait d'être bien ensemble.
Je n'en parle jamais à personne, à part peut-être à Valérie. Entre sœurs on peut parfois se dire les choses sans que ça prête à conséquences.
Je ne veux pas que quelqu'un d'autre soit au courant.
Je n'ai pas honte mais je n'ai pas envie qu'on sache que je vis depuis presque vingt ans avec quelqu'un que je ne touche plus et qui ne me touche plus.
Certains en riraient.
Je n'ai pas envie qu'on rie de Raphaël et pas envie qu'on rie de moi.
Sauver les apparences !

On pourrait presque passer une thèse commune. On l'appellerait *sauver les apparences*!
On a toujours été très forts là dedans. On connaît le sujet par cœur. On peut nous attaquer de front, on est capables de faire illusion.
À ce jeu-là, lui et moi avons toujours été imbattables ! Vingt ans ensemble, peut-être un peu moins, et pas de vrais regrets.
À croire qu'il m'était destiné.
Curieusement, je n'ai pas eu envie non plus d'une autre vie, ailleurs, avec un autre. On pourrait croire que même si on ne passe pas à l'acte, l'esprit se charge de faire le travail. Mais non, je devais trop penser à notre avenir doré, à ce qu'il fallait faire pour que le chemin continue sans anicroches, sans surprises et, surtout, sans enfant.
Je regrette maintenant, et c'est trop tard.
Peut-être aurait-il fallu justement qu'un petit débarque ? Peut-être aurait-il fallu qu'on cesse de ne nous préoccuper que de nous-mêmes et qu'on jette notre dévolu sur une autre vie ? Mais nous étions trop égoïstes, trop la tête dans nos étoiles et nos palaces, trop dans nos voyages pour être attentifs à envisager une autre existence.
Raphaël n'y pensait pas et moi non plus... Et nous ne faisons plus l'amour depuis si longtemps...
Les gamins ne naissent pas dans des choux, sauf sur certaines photos d'une artiste inspirée...
Raphaël ne faisait jamais allusion aux enfants. Il préférait passer des heures à Drouot pour dénicher les toiles destinées à décorer les murs de cet endroit immense où nous habitons... Quand je dis habitons, je devrais dire où nous dormons, où nous prenons nos repas, où nous échangeons de temps en temps les quelques mots qui détermineront notre journée. Deux cents mètres carrés rue Molitor... Des vitres sur trois côtés, le paradis à ses yeux, à nos yeux. Parce qu'encore

une fois je suis aussi fautive que lui. J'ai choisi de le suivre dans cette vaine existence, cette course vers le mur... J'ai décidé d'être celle qui partagerait sa solitude. Quand j'y pense très fort et que je suis sincère, je reconnais que nous sommes seuls au monde.

Quand j'étais beaucoup plus jeune, je me souviens que le XVIe arrondissement avait pour moi un goût de réussite, d'aboutissement. Pour la petite provinciale que j'étais, pouvoir poser ses valises entre la Porte d'Auteuil et la Porte Maillot représentait un petit air « arrivé », et c'était loin d'être désagréable. Tout y était plus cher, plus beau, plus luxueux. Même le pain semblait ne pas avoir le même goût. Qu'est-ce que j'étais bête !... Lui prenait tout ça au premier degré, persuadé qu'effectivement le pain était meilleur dans les prétendus beaux quartiers !

Il est vrai que l'argent ça aide, et les parents aussi. Les siens étaient là et les miens faisaient, de loin, en sorte que je n'aie pas le moindre souci dans l'existence. Ainsi protégés, on finit par prendre de vraies mauvaises habitudes. On en arrive à croire qu'on vaut mieux que les autres, ceux qui habitent ailleurs et qui ont moins d'argent et de chance ! On en finit même par se dire que jamais rien ne va nous arriver, qu'on est à l'abri des mauvaises surprises.

On oublie qu'on est peut-être aussi à l'abri des bonheurs sincères.

Depuis quelques semaines, Raphaël a changé.
Pas beaucoup, mais de plus en plus.
Avant, il ne parlait pas beaucoup, mais au moins il parlait. Même si on ne partageait que des miettes, ça nous semblait important, capital, indispensable. Depuis qu'il est rentré d'Évian, Raphaël est un autre. Et les regards qu'il pose parfois sur moi, quand il daigne me regarder, ne sont plus complices.
Ils respirent l'indifférence, l'exaspération...

Quand je le sens me dévisager, je me dis qu'il n'a qu'une envie : c'est que je ne sois plus là.

Je suis devenue encombrante. Je lui bouffe la vie.

Il manque d'air quand je suis dans les parages, à croire qu'il a ramené quelqu'un dans ses bagages...

Quelqu'un d'autre dans sa vie, une autre femme, une fille plus jeune qu'il aurait pu rencontrer à Évian ? Pourquoi pas ? Tout est possible...

Mais je ne vois pas comment Raphaël ferait pour aller au-delà de sa timidité et, surtout, pour aller jusqu'au bout d'une histoire.

Il n'est pas du genre aventure, ou alors je n'ai rien compris...

C'est vrai que même si j'ai passé vingt ans à ses côtés, je ne l'ai jamais connu.

Je l'ai beaucoup fréquenté mais j'ai dû passer à côté de lui.

C'est triste de se rendre compte qu'on aura été deux étrangers, vie commune mais univers parallèles, sans la moindre chance de se rejoindre...

Certains jours, je me demande si je serais capable de refaire ma vie sans lui ? Est-ce que j'aurais, du jour au lendemain, l'espèce de courage et d'inconscience qu'il faut pour, comme ça, décider de changer d'air sans rien savoir de l'avenir ?

Je ne sais plus, à vrai dire, si c'est lui que j'aime ou si c'est notre vie qui fait que je le supporte encore alors que tout en nous est presque mort...

12

Il n'avait pas attendu longtemps. Deux jours, deux petites journées pour lui laisser, d'une petite voix douce insupportable, un message qu'elle avait jugé insipide et ridicule. Il lui avait demandé de le rappeler à l'hôpital.
S'il s'imaginait qu'elle allait se précipiter sur son téléphone, il délirait !
Elle aurait dû partir d'Évian sans laisser de trace mais elle n'avait pas pu s'empêcher de lui donner son numéro de portable ; c'était stupide... Il allait essayer de la joindre tout le temps... Deux nuits ensemble et il était amoureux. Ce pseudo intello qui venait de redécouvrir qu'il pouvait encore bander allait tout faire pour la revoir !
Elle ne sait vraiment plus où elle en est.
Elle pense à lui mais s'énerve s'il se manifeste...
Elle n'a pas l'habitude de laisser les hommes faire la loi.
Elle a toujours mené le jeu. Ce n'est pas maintenant que ça va changer...
Passé la nuit des retrouvailles, Laura n'adresse plus un mot ni un sourire à sa colocataire. Elle fait comme si elle n'existait pas.

Le statu quo dure depuis dix jours, dix jours pendant lesquels Laura n'a pas décroché son téléphone, pas répondu aux appels et aux e-mails de Raphaël, et plus il y en a, plus elle se renferme sur elle-même...
Marie la regarde avec un drôle d'air.
Elle sent qu'elle n'est pas d'humeur...
Dans ces cas-là, elle sait parfaitement quelle attitude adopter : dos rond et profil bas ; attendre que mademoiselle se calme, qu'elle finisse par remarquer sa présence. Mais Laura n'a rien à faire de sa présence. Elle essaye d'écrire, de mettre noir sur blanc ce qu'elle ressent mais il n'en sort rien d'intéressant. Et puis, un matin, prise d'une envie incompréhensible, elle décroche son téléphone, compose un numéro et demande à parler au docteur Raphaël Dolan.
On répond qu'il n'est pas dans le service aujourd'hui mais qu'elle peut laisser un message.
Elle donne simplement son prénom. Il sait où on peut la joindre.
Ce même jour, Marie a le tort de lui demander pourquoi elle fait la tête, pourquoi elle ne lui parle plus, ce qu'elle a bien pu faire pour mériter ça.
Laura la regarde dans les yeux, fixement, avant de répondre qu'elle lui laisse une heure pour débarrasser le plancher. Elle ajoute que si le temps lui manque pour ramasser ses affaires, elle se chargera de les lui déposer quelque part plus tard dans la semaine. Ce n'est pas la première fois qu'elle lui demande de partir... Mais, aujourd'hui, c'est violent et sans motif : Marie a juste cherché à dissiper le malaise... Elle ne pleure même pas, elle est tétanisée.
Elle ne comprend rien à l'attitude de Laura. Puis, sans un mot, elle rassemble ses affaires et monte dans sa voiture.
Laura ne veut plus la voir. Elle en a par-dessus la tête de ses jérémiades et de ses chichis. Elle n'a qu'à aller camper où elle veut !

Laura ne se reconnaît plus. Pourquoi cette méchanceté ?

Marie n'a rien fait. Elle a eu la mauvaise idée d'être là au mauvais moment, de poser la question qu'il ne fallait pas quand il ne fallait pas... Pas de quoi en faire un drame. Mais Laura est dans un tel état d'énervement que c'est sorti comme ça. Elle n'a pas pu se retenir.

À vrai dire, elle y a pris un malin plaisir.

Elle fait payer à Marie le tourment qu'elle subit par la faute de Raphaël qui ne la rappelle pas.

Pour elle, les choses sont toujours à sens unique.

Quand elle laisse un message à quelqu'un, elle ne supporte pas qu'il ne la rappelle pas aussitôt. En revanche, elle ne répond que quand elle veut !

Elle n'accepte pas qu'il en soit autrement.

Elle vit enfermée dans ses certitudes et n'a pas envie de changer !

Depuis qu'elle est rentrée d'Évian, elle a beau se dire qu'elle se fiche pas mal de Raphaël, son image est en permanence dans sa tête.

Tout ce qu'elle déteste.

Elle ne maîtrise plus rien et elle en est hystérique...

Et c'est Marie qu'elle a sacrifiée !

Dans sa vie rêvée, elle a le pouvoir et le contrôle sur tout.

Là, c'est le contraire ! Elle est prisonnière de ses émotions, ne supporte pas d'avoir ce type-là dans la tête, d'autant qu'il est loin de son image de l'homme idéal. Paul, lui, s'en approchait. Mais pas Raphaël !

Jamais elle n'aurait pensé à quelqu'un comme lui !... Et, pourtant, voilà qu'elle a envie qu'il fasse un pas vers elle, qu'il se manifeste !... Seulement, il ne se montre plus... Il l'a renvoyée dans sa cour, ne donne plus signe de vie...

Chacun son tour !

Peut-être lui a-t-il raconté des histoires. Elle passe bien son temps à mentir, pourquoi pas lui ? Elle est peut-être tombée sur sa copie, son clone, un homme qui n'hésite pas à débiter ce qui lui passe par la tête, exactement comme elle. Mais elle n'a pas prévu de se sentir en manque de cet univers aux antipodes du sien. Souvent, pour paraître intéressante, elle n'est rien d'autre que frime, apparences, look et vie maquillés. Lui, au contraire, est discret, voire effacé. Il ne donne pas le sentiment de s'être inventé un parcours professionnel. Il ressemble à un psychiatre, ou à un professeur, ou à un avocat, pas à quelqu'un qui invente tout de sa vie, comme elle.

Elle a envie de savoir ce qui peut bien se cacher derrière la désinvolture de Raphaël Dolan. Et elle se dit qu'une fois qu'elle saura tout de lui, ses envers et ses endroits, ses mensonges et ses aveux, ses vérités et ses faiblesses, elle en fera une loque !

Juste pour se prouver qu'elle n'a pas perdu la main...

Elle s'en réjouit à l'avance mais réalise en même temps que ce n'est pas normal, qu'elle ne tourne pas rond. Pourquoi cette envie de faire mal, de faire souffrir, de détruire quelqu'un qui pourrait lui faire du bien ?

Elle essaye de comprendre, mais cet aspect de sa personnalité la laisse perplexe. Elle est incapable d'accepter le bon côté des choses, sauf de temps en temps, de façon transitoire, comme à l'époque où elle accompagnait son marchand d'armes dans les palaces de quelque émirat ou qu'elle se laissait émouvoir par un jeune homme cherchant la gare la plus proche, un casque de moto à la main.

Pour Laura, l'homme est, par définition, l'ennemi, l'adversaire, celui qu'il faut à tout prix blesser, comme pour se venger d'un mal qu'il lui aurait fait.

Elle sait très bien qu'il n'en est rien !

En dehors de Paul, elle n'a pas le souvenir de quelqu'un qui l'aurait blessée délibérément.

Alors, pourquoi ? Pourquoi cette envie de détruire ceux qui lui prêtent un peu d'attention ? C'est ridicule !

Ou alors en rapport direct avec les frustrations de sa mère... Elle qui est passée à côté de sa vie, mais pas à cause d'un homme, ou Laura ne le sait pas. Elle proscrit toute conversation avec son père et sa mère ne lui confie rien, alors aucune chance qu'elle puisse le découvrir.

Laura a juste décidé, un jour, qu'elle ferait regretter aux hommes de l'avoir charmée...

Il en reste un à détruire mais lui, celui-là, ne la rappelle pas.

Elle n'a pas la moindre idée de l'endroit où il se terre. Son numéro de téléphone correspond à un service de psychiatrie dans un hôpital de la banlieue parisienne.

Elle est bien avancée... Elle a bien pensé demander l'adresse personnelle de Raphaël en prétextant quelque chose d'urgent à faire livrer, mais on lui aurait proposé de déposer l'objet dans le service en garantissant qu'il serait remis en mains propres au docteur Dolan. Elle a donc laissé tomber. Et ce n'est pas son adresse d'e-mail, elle aussi visiblement rattachée à l'Assistance publique, qui la fera avancer.

Elle se souvient alors de ce qu'il lui a dit à Évian : il vit seul dans un très grand appartement, rue Molitor ; un appartement avec trois vues différentes. Ce qui veut dire, si elle comprend bien, qu'il occupe tout un étage avec des baies vitrées des trois côtés.

Il ne lui reste plus qu'à trouver l'immeuble et à attendre.

Il finira bien par se montrer.

Elle n'a pas une vocation de détective privé mais l'idée de retrouver Raphaël lui ferait abattre les montagnes.

Elle sait bien que c'est peut-être peine perdue, que ses chances de le retrouver sont aussi minces que celles de gagner le gros lot mais il ne sera pas dit qu'elle n'a pas essayé. Après tout, elle n'est pas à l'abri d'une bonne surprise.

Elle décide d'aller traîner rue Molitor.

Elle est longue mais les immeubles qui correspondent à la description ne sont pas si nombreux. La majorité est « haussmannienne », avec des portes d'entrée immenses, toutes semblables, et des moulures autour des fenêtres et sous les balcons. Mais il n'y a pas cette vue des trois côtés, qui est l'apanage des constructions plutôt récentes en nombre restreint dans la rue. Ce doit être facile de vérifier les noms inscrits sur les Interphone ou les boîtes aux lettres : il suffit juste de se glisser derrière quelqu'un au cas où il faudrait un code pour entrer. Elle fait confiance à son sourire engageant pour pouvoir pénétrer ou obtenir un renseignement d'un concierge ou d'un gardien !

Aux deux tiers de la rue, qu'elle a parcourue en un après-midi, il ne lui reste que deux ou trois immeubles à vérifier. Elle s'arrête prendre un café dans un bar-tabac quand elle le voit arriver sur le trottoir. Il marche la tête basse, perdu dans ses pensées ou attentif à ne pas mettre les pieds dans une flaque d'eau.

Il a beaucoup plu cette journée-là sur Paris.

Elle le voit entrer au numéro 12.

Elle sourit.

13

Je te plains, Laura, tu croyais avoir tant de pouvoir sur les autres.
Tu ne te seras jamais méfiée. Je te plains, et en même temps ton parcours me fait rire.
Oh, je sais ! Je ne devrais pas. Rien dans cette histoire ne prête à rire et pourtant je te le répète, je te plains et tu me fais rire.
Tu n'as vraiment pas eu de chance.
Tu as tant couru après tes drôles de rêves idiots que la vie t'a joué un dernier tour, celui que tu n'attendais pas. Jamais ton imagination n'aurait été capable d'y penser. Pour ça, il aurait fallu que tu sois plus maligne...
J'ai toujours mal à la tête et au ventre. Il faudrait que j'essaie de me soigner, cette douleur est intenable... Mais elle me tient éveillé, elle m'aide à me souvenir. Elle fait en sorte que je reste précis quand je ressasse tout ce qui s'est passé.

J'avais eu ton message.
On l'avait posé sur mon bureau à l'hôpital, mais ce jour-là je m'étais efforcé de penser à mon travail. Une femme était arrivée dans le service. Elle avait depuis

des mois un comportement insolite. Son mari et ses amis ne la reconnaissaient plus. Ses proches l'avaient vue changer peu à peu. Ils avaient d'abord cru que certains séminaires auxquels elle assistait étaient responsables de ses délires, et puis elle était redevenue normale. Jusqu'au jour où elle s'était mise à se balader toute nue, à boire son urine, à hurler qu'on lui voulait du mal, que tout le monde la haïssait. Elle avait fini par s'enfuir dans la campagne entourant la maison où elle vivait avec son mari avant de se réfugier dans une ferme. Les gens de l'endroit avaient appelé la gendarmerie et, de fil en aiguille, son état l'avait amenée dans mon service. Cette femme, d'une cinquantaine d'années, n'acceptait pas qu'on s'approchât d'elle pour essayer de la calmer ou de lui faire avaler un médicament. À première vue, elle semblait en proie à des bouffées délirantes.

Je me souviens aussi que ce même soir on avait projeté, au ciné-club dont je m'occupais à l'hôpital, un film noir de John Huston intitulé *Asphalt Jungle* traduit sous le titre de *Quand la ville dort*. Te dire que je m'étais vraiment intéressé aux aventures de Sterling Hayden aurait été pur mensonge. J'avais été préoccupé par la patiente aux bouffées délirantes.

On avait dû l'isoler dans une chambre, sans rien à portée de la main. Son cas m'avait un peu inquiété. Elle n'avait pas vraiment le profil pour cette maladie. Je m'étais demandé si mes internes et moi n'avions pas fait fausse route.

Nous avions décidé de la garder pendant un mois pour voir si elle répondrait au traitement. Ensuite, on la laisserait sortir avec un suivi thérapeutique de cinq mois supplémentaires, sachant très bien que la partie ne serait pas gagnée pour autant. Des risques subsisteraient : dépression et peut-être envies de suicide.

D'habitude, j'étais à l'aise face à des cas de ce genre, mais là je n'étais sûr de rien. Depuis mon retour d'Évian, ma boussole n'indiquait plus le nord.

Elle se baladait quelque part au large du Léman.
Une partie de moi était restée là-bas.
J'avais regretté de ne pas t'avoir rappelée, d'autant que, quand j'étais rentré, Camille n'était pas là.
Ce n'était pas dans ses habitudes.
Elle était comme moi, elle prévenait ; elle laissait des petits mots pour que je ne m'inquiète pas, mais elle ne l'avait pas fait ce soir-là.
Je m'étais senti bizarre.
Elle ne me manquait pas, mais je me sentais stupide, pris au dépourvu.
J'avais réalisé à quel point on pouvait se sentir seul dans deux cents mètres carrés.
Tout cet environnement était vain.
Même si Camille et moi n'échangions que peu mots depuis quelques semaines, je trouvais son absence insolite. Je n'étais même pas capable de relativiser, de me dire qu'elle pouvait en avoir assez de m'attendre pour cause de patients, de ciné-club ou de vacances et que, de son côté, elle avait aussi le droit de changer d'air...
J'avais failli décrocher mon téléphone pour essayer de te joindre, et puis j'avais regardé l'heure. Il était déjà minuit moins le quart. J'avais décidé de remettre ça au lendemain.
Camille était rentrée une heure plus tard.
Elle semblait de bonne humeur. Elle m'avait dit avoir eu envie d'aller dîner dans son restaurant favori, à L'Absinthe, avec Valérie.
Je l'avais crue.
Je ne me posais jamais de question sur ce que me racontait Camille, jamais.
Peut-être aurais-je dû ?
Mais je n'étais pas méfiant, et quand je faisais confiance c'était sans arrière-pensée. Jusque-là, je n'étais pas concerné par les doubles vies. Elles appartenaient à ceux qui avaient des velléités d'amours adolescentes.

Souviens-toi Laura, je te l'ai déjà dit, ce qui m'est arrivé à Évian n'était pas envisageable pour moi... Je me croyais à l'abri !

Alors si Camille me disait avoir passé la soirée dans tel ou tel endroit avec sa sœur, c'était vrai !

C'est moi qui allais continuer à mentir.

J'avais commencé à Évian en te confiant me débattre dans la solitude luxueuse d'un grand appartement. Je ne t'en avais pas dit beaucoup plus mais le mal était fait. Si jamais nous devions nous revoir, comment aurais-je pu t'emmener à la maison ? Il aurait fallu éloigner Camille, donner une apparence de garçonnière à cet endroit où nous vivions.

Mais tu n'aurais pas mis longtemps à sentir une présence féminine si je ne m'y prenais pas à l'avance.

C'était peut-être à ce moment-là, peut-être même ce soir-là, quand Camille était rentrée de L'Absinthe, que j'avais commencé à penser à la façon la plus simple de la faire disparaître.

Avec ma passion des films noirs et des romans policiers, c'était facile de l'envisager.

Mais c'est vrai Laura, tu ne sais rien de mon intérêt pour les romans policiers...

14

Elle est retournée plusieurs fois rue Molitor, a repris un café au même endroit. Raphaël est sorti seul de l'immeuble à trois reprises. Elle n'a pas bougé. Elle a hésité. À quoi bon ?
La quatrième fois, il est en compagnie d'une femme brune. De loin, Laura la trouve très belle, très élégante. Ils marchent l'un près de l'autre mais rien dans leur attitude ne peut laisser deviner s'ils sont amis, amants, frère et sœur...
Rien de palpable. Deux êtres humains qui marchent en parlant.
Aucun geste équivoque, aucune tendresse, rien.
Un instant, elle craint qu'ils viennent dans sa direction, mais non, ils continuent. Ils ne passent pas à côté d'elle.
Raphaël ne l'a pas vue. Et même s'il l'avait vue, il n'aurait pas pu la reconnaître, plongée comme elle était dans son journal. Elle l'a bien regardé, a même esquissé un sourire en se disant que quelques semaines plus tôt elle couchait avec lui.
Elle ne pige pas. Plus elle y pense, moins elle comprend. Elle aurait très bien pu dîner et rentrer à Évian,

ou prendre une chambre seule à Lausanne. Elle a décidé en toute conscience et en toute liberté. Personne ne l'a obligée.
Et elle est là, comme une conne, à le regarder passer dans la rue. Elle en a même du mal à respirer.
Elle est obsédée par un homme dont elle disait n'avoir rien à faire.
Et, curieusement, le voir en compagnie d'une autre la rend un peu jalouse. Comme un pincement...
C'est à n'y rien comprendre.
Évidemment qu'il lui a menti. Il ne vit pas seul... Pourquoi le ferait-il d'ailleurs ?
Il aurait aussi bien pu le lui dire...

S'il ne l'a pas fait, c'est qu'il avait ses raisons, peut-être les mêmes que celles qui l'ont conduit à Évian. Un séjour solitaire pour vie sans intérêt, ou pour vie en attente... Voilà qu'elle se met à lui chercher des excuses, un comble !
Elle le regarde s'éloigner de dos. Les derniers jours à Évian lui reviennent en mémoire, cette impression nouvelle de bien-être qui ne ressemblait à rien de ce qu'elle avait pu connaître.
Même ce plaisir qu'elle avait senti monter en elle était imprévisible.
Sans savoir pourquoi, elle se lève et suit le couple qui marche très loin devant elle, et puis, au bout de dix minutes, elle fait demi-tour et rentre à Orsay.
Et elle a envie d'écrire une lettre à Raphaël.
Les mots sortent sans faire d'efforts. L'écriture, de nouveau, est facile, élégante. Elle est en phase avec elle. C'est comme une porte qui s'entrebâille après avoir été si longtemps fermée.
Elle lui dit Évian, et Lausanne, et le pourquoi de sa fuite.
Elle se garde d'évoquer Marie ou sa vie d'avant, fait d'abord l'impasse sur cette obsession qu'elle a de

lui mais raconte quand même ses expéditions rue Molitor.

Et puis elle décide de lui avouer qu'il lui manque. Elle choisit soigneusement les termes et met l'accent sur des instants qu'il ne peut pas avoir effacés de sa mémoire.

Elle sait ce qu'il faut écrire, et, surtout, comment il faut l'écrire.

Quand elle relit ses mots, elle se sent garce : on n'avoue pas ce genre de choses sans connaître la situation de celui à qui on se confie... Mais même s'il vit avec une femme, même s'il est amoureux d'une autre, même si rien ne peut faire qu'ils se revoient, elle a envie qu'il sache. Elle pense chaque mot qu'elle a écrit... Elle insiste sur chaque virgule, sur chaque plein, sur chaque délié ; elle a envie qu'il la touche, qu'il la caresse, qu'il la prenne dans ses bras... Elle n'a pas osé se l'avouer mais elle veut qu'il comprenne qu'elle est dingue de lui... Elle a tellement l'habitude d'être indifférente, tellement manipulé les hommes qu'elle ne comprend pas bien ce qui lui arrive... Mais elle veut lui dire.

Elle se fait un thé avant de relire encore une fois ce qu'elle vient d'écrire qui a la couleur d'une déclaration d'amour, qui en a le parfum et l'aspect, qui ressemble aussi à un aveu de faiblesse, à un moment d'égarement.

Jamais elle n'a écrit une lettre pareille.

Elle décide de ne pas confier ses prouesses épistolaires à la poste. Elle inscrit Raphaël Dolan sur l'enveloppe, avec une encre bleu marine, la même que celle utilisée pour la lettre, remonte dans son Austin et retourne rue Molitor. Elle se gare devant l'immeuble et dépose la lettre dans la boîte du destinataire. Cette fois encore, elle a eu de la chance : quelqu'un est entré devant elle et lui a même tenu la porte avec un sourire...

Elle ne rentre pas tout de suite préférant aller manger des sushis dans un petit restaurant japonais de la rue Richelieu. C'est l'endroit où elle et Paul se donnaient rendez-vous les jours de réconciliation, à l'époque où elle avait eu la sagesse de garder son pied-à-terre boulevard Raspail et qu'elle s'y réfugiait dès que l'ambiance entre eux tournait à l'orage.

Génial ce restaurant : les sushis sont posés sur un tapis roulant et défilent devant les clients. Il n'y a qu'à se servir, pas besoin d'attendre. Quand on a faim, c'est rapide et pratique.

Elle regagne Orsay vers 23 heures, la tête pleine d'envies générées par un peu trop de saké tiède...

Elle a du mal à résister à la torpeur provoquée par l'alcool et essaye de rester concentrée au volant en priant pour ne pas tomber sur un contrôle routier. Elle ne se voit pas laisser sa voiture sur le bas-côté et faire du stop en pleine nuit pour rentrer !

La lumière du répondeur attire son attention dès qu'elle franchit la porte du salon.

Elle espère Raphaël.

Ce n'était que Marie.

Elle s'ennuyait d'elle, lui disait avoir de nouveau trouvé refuge chez son père mais ne pas vouloir squatter chez lui. Laura efface le message mais note quand même le numéro de téléphone que Marie lui a laissé.

Elle l'a certainement déjà mais n'est plus très sûre de ne pas s'en être débarrassée un jour de mauvaise humeur...

Raphaël, lui, a, de toute évidence, tiré un trait sur elle.

15

J'ai de la peine pour Raphaël.
Presque vingt ans maintenant qu'on se supporte.
Plus de dix ans sans qu'on se touche, et jamais, jamais il ne s'est douté. Jamais il ne s'est méfié de moi.
J'ai toujours été là, j'ai profité sans me plaindre, j'ai choisi le luxe plutôt que l'amour. Je dois être la femme parfaite : je ne demande rien d'autre qu'une vie aisée, je suis toujours d'accord pour que palaces et grands vins remplacent les orgasmes...
Comme c'est mal me connaître...
Pourtant vingt ans c'est long ! Ça laisse le temps d'ouvrir les yeux !
Mais Raphaël n'a jamais ouvert l'œil. Il croit tout ce que je lui dis, il se range à mes arguments.
Sexe ou pas, rien ne changerait entre nous, nous ne sommes pas comme ça, et rien n'est grave... nous nous aimons sans nous toucher ? Et alors...
Raphaël ne pose pas de questions. Peut-être n'a-t-il pas envie d'entendre les réponses, ou alors il n'est pas curieux, ou il se moque de tout ce qui n'est pas son travail et les ventes à Drouot. Sa vie est devenue jour

après jour inéluctable, prévisible, une entité bien structurée où le hasard n'a pas la moindre place.
Il doit se dire que je suis la même, son double, son prolongement.
Si quelque chose ne le branche pas, sûr que moi non plus.
Comme j'ai de la peine pour lui... Il m'a mise dans une boîte, une belle boîte immense toute blanche. Il doit penser que tout est bien et que les deux cents mètres carrés de cette espèce de clinique sublime et sans âme dans laquelle nous nous croisons parfois suffisent à mon bonheur... J'ai, je l'avoue, eu envie une fois ou deux de partir, de le regarder dans les yeux et de lui dire que je m'en allais, pour personne, juste que je partais, pour que l'insupportable ne le soit plus, pour que l'invivable s'inverse, pour que ma vie existe un jour... Je suis restée, je me suis tue. J'ai préféré les plaisirs discrets, les après-midi supposés, les cinémas inventés, les soi-disant amies mal dans leurs peaux à voir d'urgence...
Si seulement il avait pris la peine d'aller au-delà de ses certitudes.
Si seulement il avait posé sur moi d'autres regards, osé d'autres gestes, si seulement...
J'aurais peut-être hésité avant de me jeter au cou de ces aventures d'un après-midi, fausses amours, étreintes approximatives qui me font du bien, tellement de bien, avant de me laisser honteuse à son retour de l'hôpital quand mon visage ne doit rien laisser transparaître de mes coupables activités.
Les chambres de garde sont bien utiles.
Inconfortables, peut-être, mais suffisantes pour visiter un coin de paradis, quelques minutes ou quelques heures.
Comme pendant mes études de médecine.
Les gardes faisaient partie de mon quotidien. Elles généraient un peu d'argent supplémentaire qui aidait à joindre les deux bouts. C'est avec Raphaël que ces

premières gardes avaient eu lieu. L'amour entre nous avait dû pointer son nez à ce moment-là. Tout était simple, et tout était plaisir, même passer la nuit à attendre que Police-Secours nous amène un blessé !
Pourquoi un jour ne ressent-on plus le besoin de faire l'amour alors qu'on dirait bien qu'on s'aime toujours ?
Aucune idée et, en y réfléchissant, aucune raison...
Nous avons dû glisser lentement vers cette amitié tendresse, cette complicité qui en arrange beaucoup parce qu'elle cache les envies qui s'en vont... On a beau se dire qu'elles reviendront peut-être, elles ne reviennent jamais, ou alors avec d'autres.
J'ai de la peine pour Raphaël.
En même temps, j'y suis à jamais attachée et j'ai le sentiment de ne lui faire aucun mal.
Il ne sait rien de mon autre vie, de ces univers parallèles que je côtoie comme pour m'y perdre de plus en plus. Il ne sait rien. Je ne laisse rien paraître. Depuis vingt ans, j'ai grandi, j'ai appris, j'ai perfectionné cette attitude imperturbable.
Depuis son retour d'Évian, Raphaël est un autre.
Il est ailleurs, il essaie de faire croire qu'il est le même.
Mais si lui n'a rien vu de mes errances, moi je le connais par cœur.
Je le sais d'avance.
Je le devine sans qu'il ait besoin de dire ou de taire.
Il ne me regardait plus, maintenant il ne me voit plus...
Je suis transparente. Il respire un air à part, il divise notre espace en deux. Je me sentais parfois exclue, souvent délaissée. Maintenant je me sais étrangère, dérangeante. J'ai le sentiment qu'il cherche à vivre seul...
Qu'il me le dise, je ne ferai rien pour rester. On se mettra d'accord sur le partage de cet appartement et je sais qu'il ne cherchera pas à profiter de la situation...
Il est honnête.
La vie serait simple si on se parlait, si on allait au bout de ce qui nous reste sur le cœur...

Mais Raphaël a toujours parlé peu et maintenant il se tait.

Il suffirait peut-être de rien pour se retrouver, juste essayer pour une fois d'accorder nos silences ou nos paroles, se reprendre par la main, ici ou ailleurs. C'est souvent ailleurs qu'on est capable de voir les choses différemment.

Peut-être qu'il me trouve vieillie ?

Peut-être qu'il en a rencontré une autre, plus jeune, plus belle, un peu moins usée...

Mais non ! Ce n'est pas son genre... Les filles ne l'intéressent pas, ou alors moi aussi je suis à côté de la plaque...

Mais peut-être est-il capable de dissimuler encore plus et mieux que moi... Je n'en sais rien.

Je devrais en parler à Gilles. Il le connaît bien. Il le pratique souvent à l'hôpital. Peut-être que Raphaël lui confie ses secrets, peut-être qu'il lui a raconté Évian, en détails...

Si Raphaël pouvait se douter...

Mais non, Gilles a toujours été discret, il n'irait pas faire la moindre allusion à nos après-midi...

Drôle de relation... Y a-t-il d'ailleurs des mots pour l'expliquer ?

Je te saute dessus dans une chambre de garde d'hôpital, je m'abandonne, j'en garde en moi la blessure délicieuse et chacun retourne à sa vie, jusqu'à la prochaine fois...

Y a-t-il un nom pour ça ?

16

— Vous avez déjà tiré avec une arme pareille ?...
Ça me revient, le vendeur m'avait posé la question, dans cette boutique de Hollywood Boulevard à Los Angeles, une boutique de surplus de l'armée, un vrai bazar, fringues, tentes, uniformes, armes en tous genres, même des fusils-mitrailleurs...
— Pas vraiment. Pourquoi, c'est difficile ? C'est juste un revolver !
— Oui, mais un 357 magnum. Il n'a rien à voir avec un revolver normal, il a beaucoup de recul. C'est très différent... Enfin, c'est vous qui voyez !
Je regardais le gars, un gros Chinois ou Coréen ou Japonais, et je ne comprenais pas très bien ce qu'il me racontait. Mon anglais n'était pas approximatif mais il avait un accent qui avalait des mots en route. Enfin, je comprenais l'essentiel. Ce truc-là était franchement dangereux, à ne pas mettre entre toutes les mains, surtout les miennes. Je n'aimais pas spécialement les armes mais un ami, à Los Angeles, m'avait montré le sien et je l'avais trouvé esthétiquement très réussi : nickelé avec une crosse doublée de caoutchouc, pour que ça ne glisse pas m'avait-il expliqué.

Je n'en avais aucun besoin, mais Steven m'avait rendu paranoïaque. C'était l'époque où je voyageais beaucoup. Camille et moi habitions en banlieue, dans une maison un peu isolée proche de Versailles et, parfois, j'avais peur pour elle.
Je m'étais dit qu'il faudrait une arme à la maison, au cas où.
Camille n'avait pas raffolé de l'idée, mais elle s'y était faite. J'avais décidé d'acheter le même revolver que Steven et je m'étais retrouvé sur Hollywood Boulevard.
— Vous voulez des munitions et un nécessaire de nettoyage ?
Il avait considéré mon silence comme un accord et avait sorti deux boîtes de balles et une trousse complète pour briquer l'engin, au cas où j'aurais eu l'occasion de m'en servir, c'est-à-dire jamais.
— Vous voulez l'essayer pour être sûr ? Nous avons un stand derrière, là-bas. Venez, je vous montre !...
J'avais suivi le presque sumo dans l'arrière-boutique. Il m'avait collé un casque anti-bruits sur les oreilles, le 357 dans la main avec six balles dans le barillet et montré la cible, à une dizaine de mètres devant moi... Je me sentais idiot, avec cette arme à la main. J'avais, à vrai dire, l'impression de me regarder faire. J'avais visé et tiré, plusieurs fois. Le vendeur ne mentait pas ; c'était quelque chose que de se servir d'un 357 !... Il avait même failli m'échapper des mains à cause du recul.
Le « moitié Japonais Coréen Chinois » ou autre rigolait et je dois bien avouer qu'il y avait de quoi.
— Ça ira, il faut juste que je m'habitue...
— Je vous conseille de vous inscrire dans un stand de tir, ça vaudra quand même mieux... Enfin comme je vous l'ai déjà dit, c'est vous qui voyez !
Pour voir, je voyais. On n'était pas près de m'arrêter pour attaque à main armée, surtout avec un truc aussi lourd au bout de la main...

— Je le prends, avec les munitions et le reste !

J'avais planqué le tout, enveloppé dans du linge, au fond d'un de mes sacs de voyage. J'étais persuadé, et j'avais raison, que personne n'irait fouiller mes affaires pour voir si je me promenais avec une arme de poing.
C'était bien avant le 11 septembre.
Depuis, je ne l'aurais pas fait.

Quelle connerie d'avoir acheté ça, quelle connerie...
J'ai de plus en plus mal au ventre et à la tête...
J'ai encore des tas de choses à te dire Laura, des tas de choses !
Je ne suis d'ailleurs pas bien certain que tu vas tout comprendre.
Même moi j'ai du mal à saisir le pourquoi, le comment, le chemin qui m'a mené jusqu'à aujourd'hui...
Je ne m'étais inscrit dans aucun stand de tir. En rentrant, j'avais collé le revolver et ce qui allait avec dans le tiroir de la table de nuit, du côté de Camille. Comme dans tous les mauvais romans et les films noirs. C'était ça ou alors le supposé héros mettait l'arme dans le tiroir de son bureau pour l'avoir à portée de main quand les méchants messieurs viendraient le menacer... C'était comme ça dans les scenarii à deux sous, les drames coloriés de noir et blanc avec incursion obligée du côté de l'adultère ou de l'abus de confiance... C'était toujours comme ça dans les films que je proposais au ciné-club de l'hôpital.
Dans mon cas, je n'avais pas de maîtresse et pas envie d'en avoir, aucun méchant monsieur ne me courait après, je ne dealais pas de drogue récupérée auprès d'un cartel colombien... Je voulais juste que Camille eût à sa disposition de quoi se défendre... au cas où.
— Alors ça y est, finalement tu l'as acheté ?
C'était tout ce qu'elle avait dit quand elle m'avait vu ranger le calibre dans le meuble.

— Ben oui, c'est par précaution... Si tu veux, je te montrerai, c'est assez simple. De toute façon, il va falloir le charger parce que sinon il ne sert à rien...
— Y a juste un risque : qu'on ait envie de s'en servir pour se tirer dessus... Mais non, je plaisante !...
Je me souviens maintenant : elle souriait d'une drôle de façon.
La phrase n'était pas sortie par hasard. Camille ne disait jamais les choses par hasard. Je devais déjà lui taper sur les nerfs, mais c'est vrai qu'à l'époque je n'y avais pas prêté attention.
Peut-être aurais-je dû ?
Le revolver avait suivi nos déménagements.
Camille se l'était approprié même si elle ne l'utilisait pas.
Elle le considérait comme étant le sien, et elle l'avait emporté rue Molitor.
Quelle connerie !...

17

— Bonjour... c'est Laura...
Elle a fini par le joindre. Après avoir pesé le pour et le contre, tourné en rond pendant des jours, elle s'est décidée à le rappeler.
Sa voix est un peu sèche, il ne semble pas ravi de l'entendre.
— Quelle bonne surprise... J'ai eu ton message l'autre soir... C'était quand ? Il y a deux semaines ?... Je voulais te rappeler et puis tu sais comment c'est, j'ai oublié... les malades, le service... Comment vas-tu ?... Ça me fait plaisir...
Son message... Et la lettre ?
— Tu as reçu ma lettre ?
— Quelle lettre ?
— J'ai déposé une lettre dans ta boîte il y a quelques jours, tu ne l'as pas eue ?
— Une lettre ?... Ah non ! Tu dois faire erreur, je n'ai rien reçu !
Laura commence à se sentir mal. S'il n'a pas eu la lettre, c'est que quelqu'un l'a prise avant lui et ne lui a pas donnée...

— Je dois faire erreur ? Tu te fous de moi ? J'ai déposé une lettre au nom de Raphaël Dolan dans ta boîte... Tu ne ramasses pas ton courrier ?
Le silence qui suit est long.
Il vit tout seul. C'est ce qu'il lui a dit à Lausanne, mais rien n'est vrai.
Sûr qu'il partage son appartement avec la femme brune qui l'accompagnait dans la rue. Elle a dû récupérer la lettre en prenant le courrier.
— La gardienne monte le courrier ; elle a un double de la clé de la boîte... Je la vois mal me voler une lettre...
— C'est peut-être pas la gardienne...
— Et qui alors ?... Personne n'a les clés de chez moi, je vis tout seul...

Laura est restée silencieuse. Raphaël ment, aucun doute, mais à propos de quoi ?... Impossible de savoir. Peut-être a-t-il lu la lettre mais ne veut pas en parler. Il préfère lui faire croire le contraire, pour éviter toute discussion. Ou alors la femme brune a intercepté le courrier et il n'est pas au courant.

— Je t'ai écrit une lettre que j'ai mise dans ta boîte, celle de ton appartement, rue Molitor...
— D'abord, comment sais-tu que j'habite rue Molitor ?...
— Je te rappelle que c'est toi qui m'as parlé de la rue Molitor, à Évian !... Tu te souviens, Évian, le lac, un hôtel, une fille qui lit un roman... Une fille que tu entraînes à Lausanne pour mieux la séduire... Tu te souviens ? Dans un de tes moments d'égarement, tu as parlé de la rue Molitor et d'un appartement avec la vue sur trois côtés... Ça te dit quelque chose ? Je suis venue traîner dans le quartier, et, par hasard, je t'ai aperçu sortant de chez toi... Voilà !... J'avais envie de te voir... Ça t'étonne ?...
— Un peu, oui. J'avoue !... Surtout après tant de messages sans réponse de ta part... C'était pourtant...

— ... Simple... Oui, je sais, mais j'étais partie comme une voleuse. J'avais honte... J'ai pas l'habitude ! C'est pas facile pour moi de faire le premier pas ou de présenter des excuses...

— Des excuses ?... Mais pourquoi des excuses ?... Tu avais envie de rentrer chez toi... Et alors ?... On se connaissait à peine, on ne s'était rien promis !

— ... C'est vrai, mais la fille qui se jette dans le lit d'un inconnu deux jours après l'avoir rencontré et qui remet ça quelques heures plus tard avant de s'enfuir en courant, ça ne me ressemble pas... J'étais mal à l'aise...

— Peut-être, mais de là à faire des excuses... Enfin moi je veux bien... Finalement, tu vois, on se parle !

Elle hésite avant de continuer :

— Est-ce qu'il y a des chances pour qu'on se revoie ou est-ce que notre escapade est à ranger dans la rubrique amours de vacances ? Parce que si je suis le flirt de la fin de l'été, l'abricot qu'on mange juste avant la mauvaise saison, j'aimerais quand même être au courant !

Il prend quelques secondes pour répondre avec un sourire dans la voix :

— Je croyais que tu n'avais pas une minute à perdre, qu'il fallait que tu restes concentrée... Tu n'étais pas supposée écrire un livre qui te prenait un temps fou ?... C'est toi qui m'as dit ça ou je l'ai inventé ?...

Elle reste bête.

Elle a complètement occulté l'histoire du bouquin... Manquerait plus qu'il lui demande de lui en lire quelques pages !

— Il avance, il avance, mais finalement j'ai de la marge ; je n'ai pas de date butoir pour rendre le manuscrit...

— Je croyais que les éditeurs imposaient toujours une date de remise du texte dans leurs clauses de contrat ?

— Oui, c'est vrai mais on a décidé de faire en fonction de mon inspiration. Ils envisageront la sortie une fois que j'aurai terminé, donc je suis...
— ... un peu plus disponible ?
— Exactement... J'aimerais bien te voir... Enfin si tu en as envie... et surtout si tu peux... Je t'imagine très pris par tes nombreuses activités...
Après un assez long silence, elle ajoute :
— Je déteste ce genre de conversation, c'est nul... J'ai l'impression de te supplier... Si tu ne veux pas, tu le dis, on en reste là !...
Il prend encore son temps, trop de temps, avant de répondre que ce serait bien de se voir, mais pas chez lui. Il y a des ouvriers, ils repeignent tout et l'odeur est insupportable. Il ajoute même qu'il envisage de dormir à l'hôtel pendant quelques jours à cause des travaux qui ont commencé... ce matin.

Laura se retient pour ne pas rire.

Quel aplomb ! Personne ne pourrait mettre ses paroles en doute.

Elle répond que c'est ça ! Ils se verront après les travaux, en espérant que ce ne serait pas trop long !

Quand elle raccroche, elle ne rit plus. Elle vient presque de se faire jeter ! Avec les formes, il est vrai, mais jeter quand même...

Elle a pris sur elle de l'appeler, de lui proposer de se revoir... Et lui, il se la joue distant, il n'y a pas d'urgence, attendons la fin des travaux !

Elle ne peut pas...

Depuis quand n'est-ce plus elle qui dirige ?

Depuis quand les hommes peuvent-ils la prendre à son propre piège ?

Elle s'est assez répété qu'il était le cadet de ses soucis...

Est-ce qu'elle perdrait la mémoire ?

La situation n'est pas facile à assumer pour elle. Elle éprouve, malgré elle, une attirance pour un type qui ne correspond pas à ses critères...

Elle craque pour un homme différent. Elle ne l'attendait pas, ou alors sans le savoir. Elle aurait bien aimé le manœuvrer et c'est lui qui la manipule ! En plus, il affirme n'avoir jamais reçu sa prose, ce qui voudrait dire que quelqu'un d'autre l'a lue.

D'où son attitude...

Elle a dû semer la zizanie dans sa vie bien tranquille... ce qui, en revanche, a tendance à lui faire plaisir.

Mais pour le reste...

Autant ce qu'elle avait pu faire avec d'autres semblait simple – ils étaient en général amoureux et en attente – autant, cette fois, elle est perdue, sans inspiration, incapable de raisonner et de choisir...

Elle est face à un être qu'elle n'intéresse plus.

Raphaël, même s'il ment, même s'il n'est pas heureux dans sa vie, n'attend rien d'elle...

Et là, elle est incapable de gérer...

18

Camille lisait mon courrier... Un comble.
Jamais je ne me serais douté.
Ou alors tu délirais...
Mais au ton de ta voix, il était évident que non. Tu m'avais écrit, et la lettre avait disparu. Camille n'en parlerait pas. Aucune chance. Elle était trop secrète, trop intelligente. Si elle l'avait lue, elle savait que tu existais, mais j'ignorais jusqu'où elle savait. Et, surtout, j'étais incapable d'élaborer une stratégie : à la moindre de ses questions, j'aurais toutes les chances d'être pris en flagrant délit de mensonge...
Si Camille avait lu cette lettre, tout ce que j'entreprendrais pour qu'elle disparaisse du paysage était foutu d'avance... Elle avait peut-être déjà pris contact avec un avocat pour liquider l'appartement, et le peu que nous avions en commun.
Une vie à rayer de la carte...
Tu sais ? Laura, il n'y a rien de pire que de ne pas savoir.
Camille, elle, pouvait anticiper, prévoir. À cause de cette lettre, que je n'avais pas lue, ma vie venait de basculer. Mais dans quel sens ?...

J'avais beau me raisonner, me dire que peut-être tu t'étais trompée de boîte aux lettres, je savais que non. Les contours de mon univers étaient de plus en plus flous, et la femme qui partageait mon quotidien devenait transparente.

C'était pour cette raison que j'avais voulu changer d'air.

Je n'attendais rien.

Je t'avais rencontrée. Du jour au lendemain ma vie avait changé de cap.

Grâce à toi, je venais d'en perdre le contrôle !

J'allais devoir improviser, inventer. J'allais devoir faire semblant, prétendre n'être au courant de rien, et surtout pas de ton existence. Ce ne serait pas facile.

Alors, j'avais recommencé à être comme avant Évian, ou presque.

J'avais parlé, j'avais même essayé de sourire. Camille avait l'intelligence de ne faire aucune allusion à quoi que ce soit, et comme j'étais de nouveau sans nouvelles de toi, j'aurais presque pu croire t'avoir rêvée.

Dans mon service, le personnel qui m'entourait semblait m'avoir retrouvé. J'avais eu droit à quelques commentaires du style : *Vous avez l'air d'aller mieux, ça fait plaisir à voir...* Mais je n'allais pas mieux Laura, je n'allais pas mieux, je glissais de plus en plus vers les profondeurs, et j'y allais avec le sourire ; rien ne me semblait plus attirant que cet abîme... J'avais le sentiment de le connaître déjà, d'avant... Il était sombre, sans issue, sans espoir. Je n'espérais même pas t'y croiser, mais je descendais quand même sans rien pour me retenir.

Je déteste les armes à feu, je te l'ai déjà dit, mais je pensais souvent au revolver rapporté des États-Unis. Pourquoi ? Je devais avoir envie de m'en servir contre Camille.

Je savais pourtant que j'étais un trouillard et que jamais je ne passerais à l'acte...

À moins de trouver un angle.

Il n'y avait pas beaucoup de chances pour que je me serve du 357. D'abord, ça fait un bruit fou, et donc c'est très peu discret. Je n'avais aucune envie de finir dans la rubrique des faits divers des quotidiens de la capitale... J'ai toujours eu une haute idée de ma personne. Terminer ma carrière en meurtrier n'avait rien de glorieux.

Il me faudrait être beaucoup plus futé, agir loin de Paris, m'arranger pour qu'on ne soupçonne pas le meurtre.

Mais un accident, après tout, pourquoi pas ?

C'est toujours crédible un accident...

J'allais proposer à Camille que nous repartions ensemble, quelque part, pour une destination qu'elle choisirait.

Elle n'en reviendrait pas.

Elle ne se méfierait pas...

C'était ce que je me disais, Laura.

Bêtement, j'ai parfois le sentiment que faire diversion suffit, comme avec les petits enfants. Quand ils pleurent, tu détournes leur attention et ils oublient, ils sourient de nouveau.

Dans ma tête, Camille était comme ça. Si je l'emmenais loin de son quotidien, elle pourrait oublier. Elle ferait marche arrière, admettrait ne pas être à l'abri d'une lassitude, d'une crise, d'une envie d'ailleurs... J'étais un peu obtus, Laura. J'oubliais son intelligence, son instinct, je me comportais comme si j'étais le seul à penser et qu'en face il n'y avait personne... Je n'étais pas idiot Laura, je ne réfléchissais pas assez. J'avais pourtant pratiqué Camille pendant suffisamment d'années pour savoir qu'elle était froide, calme et calculatrice...

Je ne la connaissais pourtant pas encore implacable et sans états d'âme !

On s'était rencontrés pour se perdre. On s'était trouvés quand on était perdus, tellement perdus... On était jeunes... Puis était arrivé l'instant où tout avait été dit,

répété… Étaient arrivées la vie et ses mauvaises manières, celles qui salissent et celles qui blessent, celles qui désarment quand c'est l'heure, celles qui font mal et souffrir. Sordide !…
J'aimerais te parler mieux de Camille… Pour que tu comprennes… Mais de quoi me souvenir le plus ?… De ses yeux, de ses fous rires, de ses seins, des phrases qu'elle allait chercher pour qu'amoureux je sois et qu'idiot je devienne ?…
C'était il y a longtemps Laura, très longtemps.
J'avais encore des envies, des buts qu'on aurait pu croire décents et dignes, des aspirations qu'on aurait pu trouver nobles…
Camille était là, elle me portait, elle m'aimait.
Et puis le temps a passé, et je suis devenu ce que je suis, encore plus perdu qu'avant, mais pas pour les mêmes raisons.
J'aimerais te parler d'elle, comme pour te confier un secret murmuré, quelques bribes qui t'aideraient à comprendre pourquoi…
Camille était belle, tu sais.
Elle avait la grâce, ce petit rien, l'inexplicable qui emporte, qui retient. Tous les étudiants la regardaient. Elle, c'était moi qu'elle cherchait des yeux… Je ne me vante pas Laura. Je devais avoir quelque chose qu'elle aimait. Je n'y étais pour rien. Et puis, je ne m'intéressais à personne. Même elle aurait pu se sentir rejetée par ma façon d'ignorer le monde…
Mais c'était le contraire, elle était attirée par mon indifférence.
Aujourd'hui encore, je n'arrive pas à comprendre comment j'ai pu avoir autant envie de la tuer après l'avoir tant aimée.
Tu vas croire que c'est à cause de toi… Mais non, tu auras été le prétexte, le catalyseur, la petite poussière supplémentaire qui fait que la mécanique tombe vraiment en panne. Tu n'auras été que le déclencheur.

L'envie était là depuis longtemps, je ne sais même plus depuis quand !

Je l'aimais mais elle me connaissait trop, Laura ; Camille me savait par cœur.

Elle pouvait tout prévoir, mes réactions, mes réponses, les suggestions de mon ego qui me poussait à tant vouloir paraître...

Même si je n'avais pas remis les pieds à Évian, et même si jamais de Laura sur mon chemin, j'aurais quand même eu envie d'en finir avec elle, quels qu'en fussent le prix et les conséquences.

Elle était mon miroir, je ne pouvais plus supporter ce que je voyais dedans !

Et je n'ai rien vu venir.

Il me semble maintenant que j'ai tué quelqu'un d'autre avant...

C'est fou ce que je peux avoir mal à la tête.

19

Mon père conduit vite, trop vite.
J'entends encore ma mère le lui dire. C'est un dimanche pluvieux du mois de mars, la route est très glissante, les virages dangereux.
La dernière courbe dont j'ai le souvenir n'a pas l'air bien méchante... Mon père ne se méfie pas... Moi je lis un journal pour petite fille à l'arrière, et tout chavire, la voiture s'emballe et frappe l'arbre de plein fouet...
Après ?... Je ne le sais pas tout de suite. Je l'apprends des semaines plus tard, au sortir d'un coma dont tout le monde s'accordait à dire qu'il était irréversible... Ils se trompaient, heureusement pour moi !...
Mon père est vivant mais abîmé, ma mère a été tuée sur le coup. Difficile, à six ans, de s'entendre dire que sa maman est partie faire un voyage, qu'elle reviendra, peut-être, un jour, plus tard... Pendant toute mon enfance, je me dis qu'elle a décidé de nous abandonner, mon père et moi, comme ça, pour des raisons obscures. Je pourrais penser à un autre homme, à un coup de foudre ou à un coup de tête. Mais non, je la sens partie sans raison. Elle me manque, infiniment. Plus je grandis et plus elle est là, présente, comme si elle

veillait sur moi de loin, comme pour prodiguer des conseils à mon père, qui fait tout pour les suivre. J'apprends la vérité à l'âge de quinze ans. Je pose beaucoup de questions et, un soir, mon père est bien obligé de me répondre ; il me raconte l'accident. Il pleure pendant son récit, beaucoup, longtemps. Il n'a jamais remplacé ma mère, il est resté, depuis sa disparition, fidèle à sa mémoire. Je ne comprends pas pourquoi il ne m'a jamais rien dit. Il devait se sentir coupable. Je ne serai jamais plus la même...

Je crois que je déteste les voitures depuis ce jour-là. Et aussi un peu les hommes.

Avant ça, j'étais une gamine heureuse, fille unique infiniment aimée de ses parents qui avaient un peu d'argent et en profitaient de façon élégante... Mon univers était rose. La vie m'apparaissait limpide, pleine de promesses... J'allais à l'école, je jouais du piano, j'adorais ça... Je n'étais pas une petite fille modèle, loin de là, mais j'étais bien élevée, plutôt sage et honnête. Je ne mentais jamais, ou si peu. J'étais incapable de me dépêtrer du moindre mensonge un peu gros... C'était comme ça ! J'imagine que, pour certains, c'est facile de mentir, pas pour moi.

Je m'appelle Marie.
Il n'y a pas si longtemps, je vivais dans la maison de Laura, à Orsay.
Je l'ai rencontrée par hasard, à Deauville, pendant le Festival du cinéma américain. J'étudiais alors le cinéma. Enfin, disons que je fréquentais un établissement supposé apprendre à mettre en scène, à cadrer, à découper, un institut qui forme les néophytes et perfectionne les débutants. Pour le talent, c'est autre chose. Si on sortait des écoles de cinéma en Orson Welles ou Chaplin, ça se saurait !

Je n'ai pas beaucoup d'argent. Je me suis dit qu'être serveuse dans un restaurant n'avait rien de honteux. J'ai donc répondu à une petite annonce qui proposait une place à Deauville pour l'été, jusqu'à la période du Festival du cinéma américain et peut-être un peu après. Je me suis dit qu'en septembre j'aurais peut-être un peu de temps pour aller traîner du côté des salles obscures et j'accepte l'offre.

J'ai commencé, en fait, au milieu de la saison ; je ne m'amuse pas mais je gagne assez d'argent pour vivre décemment tout en économisant un peu pour l'avenir.

Rien de grandiose mais, à vingt-deux ans, pas de quoi me plaindre.

Les journées sont fatigantes, surtout depuis que le festival a ouvert ses portes. Les touristes viennent déjeuner. Les cinéphiles et les jurés se donnent le mot pour débarquer le soir, après la dernière projection, vers 23 heures.

Mon calcul était mauvais, je suis trop occupée pour aller voir des films.

Je finis tard, je dois garder le sourire pour ces gens importants qui fréquentent le restaurant.

Moi, je les connais peu, hormis quelques-uns – ceux que j'ai pu voir à la télévision –, la célébrité de beaucoup m'échappe. Le cinéma me passionne depuis toujours, mais je suis incapable de mettre un nom sur un visage.

Mon père préfère le théâtre. Il essaie de me convaincre que le cinéma est un art mineur, que le théâtre, c'est autre chose... On peut en parler des heures, chacun campe sur ses positions ; j'ai la tête dure, lui aussi.

Moi, le théâtre, je n'y connais rien, mais alors rien du tout. Ça m'ennuie. J'ai besoin d'images, de cadres, de lumières et de musiques, ça m'inspire, ça me touche, ça me fait voyager.

Une année où j'étais fille au pair, j'ai eu la chance de voir un bout de Floride et une tranche de Brésil, une toute petite tranche. J'en aurais bien repris, c'est passé trop vite. C'était l'année de mes dix-huit ans. Les enfants dont je m'occupais étaient sympas, les parents aussi.

À Deauville, je ne fais pas partie des groupies, chasseuses d'autographes, je n'en ai rien à faire. Je m'occupe de prendre les commandes, de servir, de débarrasser. Je remarque rarement ceux qui me reluquent, des pieds à la tête... J'imagine que c'est le lot de toutes celles qui sont soumises en permanence aux regards des autres !

Je m'y fais, bardée de cette indifférence dont j'ai, année après année, tissé chaque maille.

Beaucoup me parlent, certains me frôlent, essaient de connaître mon programme après mon service... Je reste toujours assez vague. Je ne cherche pas à être désagréable, mais je ne veux pas non plus qu'on me prenne pour une fille facile...

La semaine du festival est épuisante, certains clients sont épouvantables, tellement imbus d'eux-mêmes !

Je fais des efforts pour rester polie, disponible ; je ne pense qu'à ce peu d'argent que je gagne ; je rentre tard et m'endorme immédiatement.

Je travaille au restaurant depuis plus d'un mois quand elle vient dîner, seule. Elle a l'air d'une étudiante. Elle me sourit derrière ses petites lunettes rondes...

Elle est là quand je sors, à 2 heures du matin.

Je ne suis même pas étonnée et j'accepte de faire quelques pas avec elle. J'ai déjà décidé de rester muette sur mon passé et planifié mon inexistence. J'ai, je ne sais pas pourquoi, envie de mentir, de ne rien raconter de ma vraie vie. Elle écoute, intriguée, quand j'affirme être un peu amnésique à la suite d'un accident de voiture ; elle prend tout ce que j'invente pour argent comptant et donne l'impression de me plaindre.

Cette nuit-là, je m'endors avec le sourire.
Quelque chose en moi s'est mis en marche... comme un compte à rebours qu'on ne pourrait plus arrêter.

Je ne l'aime pas, je l'aime bien.
On se voit beaucoup à Deauville. Elle vient dîner presque tous les soirs, elle me raccompagne et nous parlons de n'importe quoi... Enfin, c'est surtout elle qui parle ; moi, je continue à faire semblant d'avoir tout oublié. Elle se prétend journaliste, à Deauville pour le festival. J'ai l'impression qu'elle est un peu paumée, qu'elle a envie d'autre chose, que sa vie ne lui plaît pas. Alors, elle a besoin de se confier, de raconter, et je sais déjà qu'elle invente...

Elle me propose de rentrer à Paris avec elle. Je décide d'accepter.

En fait, Deauville m'ennuie, la saison touche à sa fin et je ne suis pas faite pour être serveuse.

Elle est si attentionnée qu'elle en était touchante, et vivre dans son sillage m'amuse. Je pense que, même si je retourne en cours de mise en scène, j'aurai du temps pour la connaître un peu mieux...

Si moi j'ai inventé, pour rire, une amnésie post-traumatique, je me demande ce que Laura va bien pouvoir échafauder pour continuer à m'étonner.

Je le sens, elle me considère comme une petite chose à protéger ; elle se prend pour ma grande sœur.

Pour l'instant.

Elle ne me pose pas trop de questions, du moins au début. Elle me croit sans aucun souvenir. Je lui parle de ma passion pour le cinéma en prenant garde de ne pas en dire trop... Je suis supposée avoir des trous de mémoire et être incapable de bien me rappeler les films et les réalisateurs... J'appelle mon père de temps en temps mais je reste évasive. Je promets toujours d'aller le voir sans jamais tenir ma parole.

J'ai accepté l'invitation de Laura mais ce n'est pas très pratique. Je perds la moitié de mon temps dans le RER entre la vallée de Chevreuse et Paris rive gauche où mes cours ont lieu. En même temps, chez elle, j'ai l'impression d'être loin, d'être ailleurs. C'est la porte ouverte à d'autres sensations. J'ai le sentiment de vivre une vie différente.
J'ai posé mes sacs dans une chambre, au premier étage de la maison d'Orsay, sans pourtant les vider, certaine de n'être que de passage. J'ai laissé des affaires rue Saint-Séverin, dans le studio que m'a offert mon père pour fêter mes vingt ans... Il voulait que je me sente libre, et avait tout fait pour me préserver des problèmes financiers. On avait choisi le Quartier Latin parce que j'adorais la rive gauche et que les cinémas d'art et d'essai me permettraient d'assouvir ma passion pour le septième art.
Je n'y vais pourtant pas souvent dans mon studio. Je préfère loger chez des amis, ou chez mon père... La maison de Nogent est grande, j'y ai grandi et, de temps en temps, les odeurs de mon enfance me manquent. Je n'ai peut-être pas encore coupé le cordon, ou alors mon père me rassure, ou bien j'ai l'impression qu'il est le seul à m'aimer vraiment, à m'aimer pour moi, sans me poser de questions.
Quand Laura me parle comme si j'étais un peu demeurée, je ne dis rien, je la laisse croire. C'est très reposant l'amnésie ; reposant mais dangereux : je ne dois jamais trop me souvenir, jamais me couper.
Parfois, j'ai la tentation de tout lui raconter, ne serait-ce que pour voir la tête qu'elle ferait, mais je résiste, préférant rester cette autre à laquelle j'avoue m'attacher.
Laura aussi s'attache à moi, et je la regarde faire.
Dans la maison, elle a accroché plusieurs tableaux, assez beaux.

Il y a des années que je n'ai plus peint, depuis cette période, entre quinze et vingt ans, où je pratiquais beaucoup.
J'avais commencé par hasard. Mon père m'avait emmenée à l'expo Nicolas De Staël. Nous étions en vacances à Saint-Paul-de-Vence, la Fondation Maeght n'était pas loin... Il avait insisté pour que nous la visitions ensemble... J'avais adoré et cette révélation m'avait poussée à essayer ; j'avais persévéré.
Les tableaux sur les murs de la maison de Laura ne sont pas signés De Staël mais ils me donnent l'envie de reprendre les pinceaux.
Elle ne sait pas quoi faire pour moi. Un jour, elle a même loué un piano demi-queue. Je lui avais raconté qu'il me semblait que dans une vie passée, peut-être, j'avais joué ; alors, sans m'en parler, elle a fait livrer l'instrument dans le salon.
Devant mon aisance face à Bach ou à Chopin, elle est restée médusée.

Il se pourrait, quand j'y pense aujourd'hui, que cet épisode ait commencé à la faire douter de mon amnésie. Si je ne me souvenais de rien, comment pouvais-je retrouver les notes, les harmonies, les œuvres ?... Elle devait se poser des questions...

J'ai beau me persuader que je vis chez Laura des bouts de vie rêvée, je sens confusément que, s'il ne se passe rien de plus intéressant entre nous, je vais devenir folle... Je mène une existence agréable chez une fille que j'aime bien, mais l'air commence à se raréfier... J'ai besoin d'autre chose, d'autres endroits, d'autres gens... Il manque, entre elle et moi, l'étincelle qui transformerait ma presque indifférence à son égard en quelque chose de plus fort, de torride, de passionnel !
Je décide de prendre un peu de distance et retourne voir mon père.

Je l'aime infiniment...
Je lui ai trouvé tous les défauts du monde quand il m'a raconté l'accident. Je lui en ai voulu d'avoir gardé si longtemps le silence. J'ai même pensé qu'il était responsable mais, maintenant, je me rends compte que j'avais tort.
Je l'aime infiniment. Il voudrait que je sois heureuse. Rien d'autre ne l'intéresse... Il m'apparaît tolérant, ouvert, plein d'indulgence.

Il passe sa vie dans les livres, les cours de français qu'il donne au lycée, ce jardin qu'il adore et où il fait pousser des trucs bizarres plantés dans des multitudes de pots de yaourt disséminés dans la terre. Des années qu'il fait ça. J'ai renoncé à lui demander ce qu'il espérait de ces croisements si peu orthodoxes, lui-même ne le sait pas !

Il évoque souvent ma mère, lui voue un amour constant, pense toujours à ce qu'elle aurait fait, à ce qu'elle aurait dit, à cette façon qu'elle avait parfois d'être si lapidaire et si dure, dévoile d'elle des côtés restés dans l'ombre, éprouve un plaisir profond à me la faire découvrir.

Peu à peu, son image imparfaite commence à se préciser, les contours s'affinent, et cette femme si mal définie change doucement d'aspect. Ma mère reste unique dans ma mémoire, mais que pouvais-je savoir d'elle à six ans ?... J'en veux par moments à papa de tant m'en parler, de m'en dépeindre aussi souvent les bons et les mauvais côtés, lui qui se sent si seul et aimerait tant qu'elle nous rapproche encore...

Je reste enfermée chez mon père pendant des jours ; je joue du piano, beaucoup, je profite du calme de la maison. Laura n'a pas de mes nouvelles. Que pourrais-je lui raconter, de toute façon ? Pas grand-chose en vérité : je m'occupe de mon père, je me prends pour une grande musicienne. Laura ne me manque pas trop mais j'espère qu'elle souffre de mon absence, nous serions sur le bon chemin.

Mon père me pose souvent des questions sur ma vie amoureuse. Ce sont des questions simples, qui ne portent pas à conséquence. Il n'a pas la moindre envie de m'embarrasser, il veut simplement me savoir amoureuse ou heureuse. Je lui affirme être bien toute seule : les garçons me fatiguent. Un jour, peut-être... Quand je dis ça, il sourit, persuadé qu'un matin je changerai d'avis, comme s'il était certain que l'homme de ma vie était en train de tourner le coin de la rue, juste une question de minutes, voire de secondes, avant qu'il arrive et que je le reconnaisse.

Pauvre papa, si tu savais !

20

J'ai tué quelqu'un d'autre, il y a longtemps. Une fille, à Barcelone... J'étais en Espagne pour un congrès. Camille ne m'accompagnait jamais. Elle préférait rester à Paris. Elle n'a jamais aimé les voyages trop courts. Elle a toujours voulu prendre son temps. J'avais déjà dû me dédoubler. C'est bizarre, ces images ne me hantent pourtant jamais. Sauf quand je décide... Pourquoi aujourd'hui ? Tout était si bien rangé, enfoui, à l'abri...

J'ai poussé la fille du haut d'une falaise, quelque part entre Vendrell et Barcelone, à deux pas de chez Salvador Dalí... Je lui ai demandé de m'accompagner pour une balade le long de la mer. C'était une nuit si noire, elle n'avait pas dû bien voir le paysage... Je ne l'ai même pas entendue crier, l'eau en contrebas faisait un bruit énorme, constant... J'ai ressenti une telle liberté juste après l'appel d'air, comme si s'ouvrait la porte d'une pièce où j'étais resté enfermé des années sans avoir le droit d'entrebâiller une fenêtre.

C'était chaque fois la même chose, la bouffée d'air...
Je dis chaque fois : il a dû y en avoir d'autres.
C'est sûrement comme ça que j'ai pu supporter Camille, Laura.
Je voulais la tuer, d'autres qui mourraient.

Elle s'appelait comment l'Espagnole déjà ?... Ne me revient que son parfum. J'avais dû la rencontrer à l'hôtel. Oui, c'est ça, elle faisait partie d'une délégation brésilienne. Je me souviens même qu'elle parlait un peu le français. On avait sympathisé. Elle m'avait un peu raconté sa vie, parlé de sa solitude, de son enfance sans parents. Elle avait pu faire des études grâce au gouvernement, mais sa vie personnelle était plutôt maussade et sans intérêt. Pas d'homme à l'horizon...

Peut-être leur faisait-elle peur...
Les filles belles, disait-elle, effraient.
Elle se trouvait presque belle parfois.

Que se passe-t-il dans ma tête pour que tout ça me revienne d'un coup ? Je me suis toujours cru fidèle à Camille, mais non, je me rappelle... Chaque fois que je pouvais changer d'air...

Je ne les aimais pas. Il a fallu que tu arrives pour que je le sache... Ces filles, je m'en fichais. Elles étaient juste là pour quelques heures, ou quelques jours !

Tu dois te demander pourquoi je te raconte tout ça Laura ? Je t'avais pourtant affirmé à Évian n'avoir pas touché de femme depuis longtemps, avoir de nouveau tout à apprendre... Ne cherche pas Laura, je ne vais pas bien... J'ai des pleins et des déliés dans la tête, et rien n'est cohérent.

Ça tient comme par magie, avec des bouts de ficelle...

Je ne t'ai pas raconté la suite...

Sa prétendue glissade, ma main qui ne la retient pas assez, la chute dans le vide.

La police m'avait cru. Je la connaissais à peine. Je n'avais aucun mobile. L'accident, toujours la théorie de l'accident. C'était un crime gratuit, un crime parfait.
Souvent, tu sais, j'ai le sentiment de ne pas les avoir connues. Elles n'existent pas. Elles sont et resteront le fruit de mon imagination, la preuve de l'état de délabrement de mon cerveau.
Souvent j'oublie, ou je me rassure.
Juste l'Espagnole...
J'ai pourtant peur qu'elle ait été la première d'une longue liste.
J'ai peur d'avoir eu trop envie pour pouvoir arrêter.
Sauf que maintenant...
Je n'aime pas la mort, au contraire, mais la donner est pour moi la seule façon de pouvoir continuer à vivre.
Je sais, j'ai dans un coin du cerveau un fil rouge ou bleu débranché. Il pendouille. J'ai quelques neurones en court-circuit !...
Et Camille qui ne se doutait de rien ! Elle me croyait fatigué par mes responsabilités à l'hôpital...
Je n'aurais jamais cru qu'une seule balle fasse autant de dégâts.
Je me sens faible... tellement faible...
Pourtant je voudrais bien finir l'histoire avant de m'endormir. Des tas de détails encore dans l'ombre, beaucoup de mots pas encore prononcés, et il est important que tu comprennes tout...
Enfin ce que tu seras en mesure de comprendre...
Moi, je m'y perds.
L'île Maurice, pourquoi l'île Maurice ?
Ah oui !... J'ai laissé une fille se noyer là-bas.

21

— Tu peux me dire qui est Laura ?
Elle a prononcé la phrase calmement, en le regardant dans les yeux, les bras croisés. Ils cherchaient à s'éviter depuis quelques jours. Elle n'a même pas l'air en colère, ne sourit pas, elle attend une réponse.
— De quoi tu parles ?
— Je parle de celle qui t'écrit des lettres qu'elle ne timbre pas vu qu'elle les dépose directement dans ta boîte !...
— Je ne connais pas de Laura !... Laura qui ?
— Elle signe simplement Laura... Ça doit bien te rappeler quelque chose... Une fille qui signe Laura, qui te dit que tu lui manques et que ça fait trop longtemps depuis Évian... Toc, toc, la mémoire te revient ?
Il a souri, tourné la tête vers elle, lentement :
— Camille, je suis parti me reposer à Évian. J'étais seul là-bas, je m'ennuyais tellement que je suis revenu avant la date prévue... Je ne vois pas le rapport avec une Laura qui m'écrirait des lettres...
Raphaël ne fait pas d'efforts, les réponses sortent toutes seules, comme s'il était déjà prêt à faire face à ces questions insidieuses. Il est allé dans la cuisine se

servir un verre de sancerre blanc, elle l'a suivi. Il ne lui en a pas proposé : elle n'aime pas le vin blanc. Il a pris son temps, a remis la bouteille dans le réfrigérateur avant de lui faire face de nouveau.
Elle a enchaîné :
— Tu me prends pour qui ? Je te pratique quand même depuis quelques années. C'est la première fois que je te vois rentrer dans un état pareil... La première semaine, tu ne m'adresses pas la parole, je n'ose même pas imaginer l'ambiance dans ton service... La deuxième, tu commences à te dire que peut-être j'existe encore... Et depuis tu essayes d'être le même qu'avant ton départ... Mais je te connais tellement... Voilà une semaine que je garde cette lettre avec moi...
— Tu lis mon courrier maintenant ?
— Ah ça y est ! Tu admets que c'est ton courrier ?...
— Il me semble que si mon nom est inscrit sur l'enveloppe, il s'agit de mon courrier... Ce n'est pas pour autant que je connais la personne qui m'écrit !
— ... Raphaël... je l'ai lue cette lettre !... J'en avais marre de te sentir ailleurs !... C'est pour cette raison que je me suis permis de la lire... Tu peux prétendre que cette Laura ne te dit rien, je sais que tu mens !... Je n'ai pas envie de vivre comme ça !...
— Enfin Camille, tu me connais par cœur, tu sais que je n'ai rien à cacher...
— ... Tu n'avais peut-être rien à cacher avant... mais aujourd'hui, c'est différent ! Je vais descendre à Toulouse, chez Vincent et Johanne, je me mets en congé de l'hôpital pour une semaine... Je vais réfléchir à la suite, je n'ai pas la vocation du partage !
Elle est un peu moins calme qu'au début de la conversation mais reste relativement détendue. Elle ferait ce qu'elle disait, à Raphaël de changer d'attitude. Elle sait qu'elle a beaucoup à se reprocher, que les amants n'avaient pas manqué depuis quelque temps mais, au moins, elle avait eu l'intelligence d'être discrète...

Elle ne donnait jamais son adresse. Seul Gilles la connaissait. Mais ils se voyaient presque tous les jours, il n'avait pas besoin de lui envoyer de lettre. Et même s'il voulait lui écrire, il pouvait lui donner sa missive en mains propres !

— ... Camille, on ne se sépare pas après vingt ans de vie commune à cause d'une lettre bizarre dans sa boîte aux lettres !

Raphaël semble sincèrement étonné. Camille, elle, commence à hausser le ton :

— Et pourquoi pas ? Ce n'est pas la lettre l'important, tu ne comprends rien !... L'important c'est que tu considères qu'il n'y a aucune explication à donner, l'important, c'est que tu mens, que tu nies l'évidence... Je ne suis pas jalouse Raphaël, je peux même te dire que je m'en contrefous, à un point qui ne t'effleure même pas... Depuis des années qu'on ne se touche plus, j'imagine bien que tu puisses avoir besoin de faire l'amour et de te savoir encore capable de séduire et d'exister... Je n'ai jamais eu le moindre doute là-dessus ; j'estime juste que je ne mérite pas d'être prise pour une idiote ! Avant, même si tu ne parlais pas beaucoup, tu me regardais, ou au moins tu me voyais... Aujourd'hui, je suis devenue inodore et incolore, et je ne l'admets pas... Je te regarde depuis des années... Je te savais intelligent, tout à fait imbu de ta personne, parfois brillant dans tes analyses et tes réflexions, responsable et plus que talentueux dans ta spécialité, et ce n'est pas rien !... Je pensais depuis longtemps que tu préférais, et de loin, la peinture et l'art moderne à la conquête des femmes ; je t'ai vu avoir des buts, dont celui d'accrocher le plus de décorations possible aux revers de tes costumes afin que la profession médicale, dans son ensemble, admire la justesse et la beauté de ton parcours... Je t'ai senti capable de dépenser sans compter pour que l'image de ton quotidien ressemble à ces bonheurs glacés que certains magazines exposent... J'avoue que je t'ai même découvert parfois plus romantique et tendre que je ne l'avais jamais imaginé... J'ai assisté à l'ensemble de ton évolution Raphaël, je t'ai même beaucoup soutenu... Jamais je ne t'avais imaginé lâche, lâche et incapable de me parler, de me faire confiance... Je nous croyais complices, complémentaires, j'avoue que j'ai un peu de mal avec cette découverte !... Moi, si j'avais des vies parallèles, ou je ne t'en dirais rien, pour te protéger et ne pas te faire de mal ou je t'en parlerais, pour ne plus être seule à détenir un secret, pour me débarrasser d'un poids... Toi, tu n'es même pas capable d'avouer que tu as eu une histoire d'amour ou de cul – appelle ça comme tu veux – et j'ai du mal à l'encaisser... Ou alors peut-être que j'ai tout faux ; ce n'était pas une aventure, c'était beaucoup plus fort, beaucoup plus important, et c'est encore d'actualité, au point que tu ne souhaites pas m'en parler !... Et, bien sûr, ta seule option est de faire le vide et de jeter ce qui t'encombre, moi par exemple !...

Raphaël la regarde, subjugué. Il s'est mis à applaudir, avec un grand sourire :

— Eh bien, bravo ! Bravo !... Quel talent, et surtout quelle imagination !... Je ne t'aurais jamais cru si bonne comédienne, je me demande où tu vas chercher tout ça !... Un vrai monologue de théâtre... Une maîtresse, une double vie, l'épouse qui gêne et dont il faut se défaire... Toi, tu devrais écrire... Si, si, tu devrais écrire. Il y a matière pour une pièce de boulevard ou un roman de gare !... Je te jure. Tu intitulerais ton œuvre : *Les Vies cachées du docteur Dolan* ; tu sais, comme ce film, *La Vie secrète de Walter Mitty...*

— Vas-y, fous-toi de moi !... Ça ne change rien Raphaël... Tu peux essayer de détourner la conversation sur moi, ça ne change rien : tu n'as pas le courage de dire les choses et je te trouve lamentable !...

Raphaël reste silencieux. Une phrase de Camille l'a atteint au plus profond. Elle n'est pas du genre à parler pour ne rien dire... Elle avait parlé de vies parallèles... Peut-être voulait-elle le provoquer, mais Raphaël ne le sentait pas comme ça... Elle avait une face cachée. Elle travaillait dans un autre service de l'hôpital, rentrait assez tard, ne l'accompagnait jamais ou rarement dans ses voyages...

Ça lui laissait du temps libre, et comme il ne faisait rien pour essayer de savoir, elle pouvait très bien avoir une existence qu'il ne soupçonnait pas.

Et qu'en était-il de cette lettre qu'il n'avait même pas lue et à propos de laquelle elle pouvait tout affirmer ?

La conversation s'était poursuivie sur le même ton pendant quelques minutes, et puis chacun avait mis de l'eau dans son vin. Ils avaient décidé de ne plus en parler, pour l'instant.

Le lendemain, Camille partait, comme prévu, pour le Sud-Ouest.

Ils avaient projeté qu'à son retour ils iraient passer une semaine quelque part pour essayer de recoller les morceaux de leur couple.

Camille ressentait quand même le besoin de rester proche de Raphaël. Peut-être savait-elle que s'il commençait vraiment à s'éloigner, il ne ferait plus marche arrière.

Elle en déprimait à l'avance.

22

Je classe, j'empile j'archive. J'ai fait, couche après couche, des rangs serrés dans mon cerveau... Je n'y vais jamais voir, ou rarement, mais quand je sens l'ennui trop présent, je descends aux enfers et je regarde les images.
Je n'ai jamais été un tueur.
Même au cinéma, les assassins n'ont jamais suscité mon admiration.
J'ai du respect pour les Arsène Lupin ou certains escrocs, mais pas pour les meurtriers... L'Espagnole, c'était juste comme ça, pour essayer... une expérience. Et puis, une fois que c'est fait, quand on voit à quel point c'est facile de rayer quelqu'un de la carte, on se dit pourquoi pas...
Finalement, quand on commence à tuer, c'est très dur d'arrêter. Je disais ne pas avoir d'autres filles sur la conscience... Je n'en suis pas certain... Je perds la mémoire. Je vois le trou s'ouvrir dans mon cerveau... S'y engouffre le vide, le néant, la tombe. Voilà des semaines maintenant que j'ai l'impression de perdre la tête, comme si j'étais de plus en plus incapable de faire la différence entre le rêve et la réalité...

J'ai si mal au crâne... Et pourtant j'ai écouté Camille ; je suis allé consulté plusieurs neurologues qui ont cherché dans mon cerveau ce qui pouvait provoquer ces douleurs... sans succès !
Quand je t'ai croisée Laura, j'ai eu le sentiment qu'il se passait enfin quelque chose de différent...
Je ne me sentais pas aveugle, avant.
Et la vue m'a manqué.
Je n'ai pas senti l'enfer arriver. Mais cet enfer-là ne pouvait que passer inaperçu. Il s'appelait le plaisir.
Je n'en avais jamais voulu, je l'avais toujours eu en horreur, je l'avais toujours haï sans le connaître.
Quand il m'a bousculé sans s'excuser, je l'ai laissé faire.
J'étais plutôt de bonne humeur et qu'on me bousculât était sans importance.
Pourtant, j'aurais dû lui casser la gueule, lui mettre mon poing dans la figure au plaisir, lui dire d'aller se faire voir. Mais figure-toi, Laura, que j'étais bien incapable de renoncer à la jouissance. Elle avait réussi son coup, cette garce : quand on commence à l'apprécier, elle s'incruste et devient indispensable.
Toi, la jouissance était ton amie. Et tu avais voulu me la présenter.
Tu avais dû tenter maintes fois l'expérience avec d'autres... Tu avais très vite compris l'étendue de ton pouvoir !

Finalement, deux jours après la discussion avec Camille, j'étais venu chez toi. Tu te souviens, Laura, la maison de ta grand-mère, la maison d'Orsay ?
Tu m'avais rappelé. Cette fois, il me semble que j'avais été beaucoup plus aimable, et tu m'avais proposé de m'installer provisoirement chez toi le temps que les travaux se terminent. Tu estimais que je serais mieux à la campagne qu'à l'hôtel. J'avais accepté. On s'était retrouvés, et c'était comme si Évian continuait.

J'en avais même oublié de te demander ce que tu avais écrit dans ta fichue lettre.

J'avais croisé ton amie Marie... Elle faisait la gueule. Elle ne m'avait pas adressé la parole... Pas partageuse, ou pas prêteuse, je n'en sais rien, en tout cas elle ne semblait pas enchantée par ma présence... Si je me souviens bien, tu lui avais proposé de dîner avec nous mais elle avait prétexté une soirée et nous avait abandonnés à notre sort. Tu m'avais même confié qu'il allait falloir qu'elle se calme, que son côté possessif commençait à te taper sur le système, que les amis c'est bien joli, mais que tu ne lui appartenais pas...

Je me rappelle Laura... J'avais une nouvelle fois déserté mon appartement de la rue Molitor...

Camille était déjà partie rejoindre ses amis dans le Sud-Ouest.

Je n'avais pas réfléchi, j'avais envie de changer d'air, de te toucher, de te sentir.

Camille ou pas, je n'avais pas hésité une seule seconde avant de sauter dans ma voiture.

J'étais à ta disposition, à la merci de ton bon vouloir. Tu avais fait de moi une caricature et j'aimais ça. Tu pouvais me demander n'importe quoi, j'étais prêt à m'exécuter dans la minute, disposé à aller jusqu'au bout de tes propositions, même incongrues... Je l'avais joué presque indifférent au moment de ton premier coup de téléphone, et là je n'attendais qu'un claquement de tes doigts pour être là !

C'était risible, ridicule, pathétique et tellement agréable...

Pour d'autres raisons qui m'échappent encore, et malgré les apparences, je tenais toujours un peu à Camille !

Toi, tu m'avais surtout appris qu'en dehors de l'amour il y avait le sexe, et j'apprenais à mes dépens que les deux n'avaient rien à voir...

Tout le plaisir que j'avais avec toi ne pouvait être comparé à rien...

Il y a longtemps, un ami m'avait confié avoir rencontré une fille si excitée qu'il devenait « esclave de ses sens »...

J'avais trouvé ça nul !

Je ne vivrais jamais pareille aventure. Être accro au sexe, et puis quoi encore !... J'avais une si haute opinion de moi... J'en ris aujourd'hui... Pauvre con, si j'avais pu me douter !...

J'étais resté presque une semaine à Orsay... Je faisais la navette entre l'hôpital et ta maison, Laura, et, malgré les embouteillages, j'aimais ça. Je n'étais pas allé rue Molitor pendant ces quelques jours. J'avais acheté quelques affaires pour parer au plus pressé, mais je n'avais pas voulu risquer de croiser Camille. Je voulais profiter de toi, faire l'amour et me réveiller en pleine nuit, blotti contre ton dos, avec encore l'envie de toi, de tes mains. Je vivais quelque chose d'inconnu, j'étais un ado qui découvrait tout un monde au bout de ses doigts. Dans mon service, certains me regardaient avec un drôle d'air, voire un petit sourire...

J'avais fini par rentrer chez moi. Pour voir.

Je t'avais dit que je devais faire la réception des travaux avant le départ des ouvriers.

Je n'avais pas donné de nouvelles à Camille.

Déjà, à Évian, j'avais fait le mort. Ça n'allait pas en s'arrangeant !...

Elle ne m'avait pas donné de ses nouvelles non plus. Aucun mot dans l'appartement, aucun message sur le répondeur.

Et je m'étais trouvé face à une situation imprévue : Camille me manquait presque !

J'étais, en fait, assez angoissé par son silence ; mais les mauvaises nouvelles vont vite : s'il s'était passé quelque chose de grave je l'aurais déjà su.

Elle a débarqué quatre jours après mon retour d'Orsay, sourire aux lèvres, hâlée, détendue.
Elle m'a raconté qu'elle avait eu envie de mer et que, mer pour mer, elle était retournée à Saint-Jean-de-Luz. Elle n'était pas trop loin de la côte et avait donc décidé de retourner voir l'Atlantique de près.
J'ai eu, à ce moment-là, une furieuse envie de lui faire payer mes angoisses.
Même s'il y a de grandes lacunes dans ma tête, Saint-Jean-de-Luz y reste inscrit en lettres indélébiles. Nous y avions passé un été inoubliable dans un petit hôtel très confortable – pas un palace pour une fois – avec des propriétaires et un personnel adorables et surtout, surtout, une vue sur la mer à couper le souffle... La seule ombre au tableau : j'avais failli me noyer à cause des rouleaux... Malgré les conseils des gens avertis, je m'étais persuadé que même si je nageais derrière la barre, je reviendrais sans encombre...
Et évidemment je n'avais pas pu.
J'avais constaté, ce jour-là, que les CRS maîtres-nageurs n'étaient pas payés à ne rien faire !
Ils étaient venus me chercher en Zodiac...
J'étais épuisé mais, à ma décharge, je n'étais pas sportif et j'avais plus l'habitude des eaux calmes que des vagues de surfeurs... Quand Camille m'avait raconté qu'elle rentrait de Saint-Jean-de-Luz, quelque chose avait résonné dans ce qui me restait de conscience.
J'ai regretté de ne pas l'avoir accompagnée...
Elle a ajouté avoir facilement retrouvé notre petit hôtel, les propriétaires l'avaient reconnue, ils l'avaient même invitée à dîner.
Je l'écoutais mais, à partir de ce soir-là, j'avais eu envie de la détruire, d'abord mentalement.
Je lui en voulais pour Saint-Jean-de-Luz... Je savais très bien qu'elle m'en avait parlé exprès, pour me faire mal...

Je vivais des moments intenses avec toi Laura mais c'était ces instants passés sans Camille qui me taraudaient alors.

Et je me suis dit que j'allais lui faire peur.

Si impalpable, la peur, quand le diffus vous traîne vers l'opaque, les vibrations étranges, inexpliquées, reflet déformé que le miroir fige et renvoie alors qu'on l'avait, depuis des années, apprivoisé, conquis, aimé. Il est si plaisant de voir que, petit à petit, le mal fait son chemin et que, malgré toute sa volonté, l'autre se débat, se défait.

Elle ne se l'expliquait pas mais, au fur et à mesure des jours, l'univers qu'elle connaissait par cœur devenait moins précis.

Elle se demandait si elle rêvait ou si c'était la réalité.

Je changeais peu à peu mon attitude, je modifiais mes réactions, je lui souriais avec naturel.

Je rentrais tard ou ne rentrais pas. Je téléphonais à la dernière minute. Je changeais d'avis. Je devenais imprévisible. Elle n'était pas habituée et avait un mal fou à gérer.

Elle commençait à perdre les pédales.

À l'hôpital, on me voyait de moins en moins.

Je partageais mes journées entre Orsay, la rue Molitor et mon bureau où je faisais quand même acte de présence. Parfois, Laura, tu me donnais rendez vous dans des endroits insolites, comme le parc Monceau ou le parc de Saint-Cloud. Tu étais d'ailleurs arrivée plusieurs fois nue sous un long imperméable. C'était comme si tu avais fait une liste des clichés de tous les fantasmes. Tu voulais faire l'amour presque au vu et au su de tout le monde.

Tu disais que c'était plus excitant...

Tu te rappelles ? Je n'étais pas très à l'aise, mais j'avais le sentiment que je ne vivrais cette situation qu'une fois dans ma vie et j'essayais de répondre à toutes tes envies.

Ma vie devenait n'importe quoi.

Même si au départ je n'en étais pas conscient, une passion me balayait. J'avais beau y chercher de l'amour, s'il existait, il était caché derrière le sexe !... Ce que j'étais en train de vivre était très proche de ce que m'avait décrit l'ami dont je m'étais moqué, « l'esclave de ses sens »... Je n'avais aucun moyen de savoir si tu ressentais la même émotion... À vrai dire, il me semblait que, pour toi, c'était plus une distraction, un espace dans lequel tu pouvais évoluer les yeux fermés, tu connaissais les coups par cœur !

J'étais en train de bousiller Camille et toi tu m'avais déjà réduit en cendres.

Ce jeu aurait pu s'appeler « réussite absolue, ou comment faire d'une vie paisible un endroit où chaque acte et chaque parole prêtent à conséquences ».

Tu aurais dû être plus gentille avec Marie.

23

Laura a failli échouer.
    Ses projets ont été à deux doigts de se retourner contre elle, et puis, elle ne sait pas pourquoi, elle a fini par convaincre Raphaël de venir la rejoindre à Orsay. C'est elle qui l'a rappelé. Il lui a dit qu'elle ne le dérangeait pas, qu'il avait tout son temps. Il était charmant, drôle, un peu comme quand il l'avait abordée à Évian. Il lui a avoué se sentir seul à l'hôtel, les travaux de peinture n'en finissaient pas. Elle a fait semblant de le croire et lui a proposé de venir la voir dans sa campagne près de Paris.
    Au moment où elle a dit ça, Marie l'a dévisagée.
    Elle avait l'air inquiet, comme si cet inconnu que Laura invitait, comme si ce Raphaël qu'elle sortait d'un chapeau lui faisait craindre le pire.
    Peu après le coup de fil, Laura a finalement dû lui raconter Évian.
    Elle a un peu changé la trame, pour ne pas paraître trop différente de ce que Marie croyait savoir d'elle, ou plutôt de ce qu'elle avait voulu que Marie sache d'elle... Qu'elle était dure et méprisante avec les hommes par exemple...

Elle a glissé sur la lettre, sur l'obsession qu'elle avait de Raphaël. Elle a gardé de l'histoire un vague ennui dans un hôtel trop grand et trop silencieux. Elle lui a même avoué en riant qu'elle avait raconté un tournage imaginaire avec Brad Pitt et être sur le point d'écrire un roman... Le type avait tout gobé !
Marie préfère ne pas relever.
Par moments, quand elle voit à quel point Laura a besoin d'être une autre, elle est à deux doigts de lui remettre ses pendules à l'heure. Et puis elle renonce. Elle choisit de garder ses états d'âme pour elle et de ne s'intéresser qu'aux bons côtés de sa colocataire.
Après tout, elle prétend bien être amnésique ! Elle sait très bien que ce jeu ne rime à rien, qu'un jour ou l'autre elle va trop en dire et son mensonge va lui retomber sur la figure... Elle est consciente qu'il faut qu'elle se débarrasse de sa prétendue amnésie, qu'elle ne peut pas continuer comme ça. Elle est plutôt mal placée pour faire des commentaires sur cette tendance à la mythomanie de Laura. Elle, elle n'avait aucune raison de se prétendre amnésique... Elle l'a fait juste pour jouer et s'est enfoncée toute seule dans une voie sans issue...
Que peut-elle bien avoir à cacher ?
Sa vie est simple, pas de double jeu, pas de vice planqué dans un recoin mal éclairé... Juste un vrai talent pour le piano, un amour énorme pour la peinture et pour le cinéma, sans oublier son père, et des souvenirs en vrac où se mélangent pêle-mêle une maman mal connue, une enfance heureuse et un presque rejet des hommes. En cours, elle a rencontré des garçons qui la trouvaient séduisante et ne rêvaient que de sortir avec elle. Elle a dû se laisser convaincre deux ou trois fois, mais les souvenirs qu'elle garde de ces aventures ne sont pas assez importants pour être mémorables.
La seule chose qui la surprend, qui la sidère même, c'est ce qu'elle éprouve pour Laura alors que leur rencontre – et Deauville aussi – avait été fortuite. Elle

ne voulait rien d'autre que se faire un peu d'argent pour entreprendre une nouvelle année universitaire sans trop de problèmes. Elle était rentrée à Paris avec une nouvelle copine. Même si aucun des quelques garçons qu'elle a pu fréquenter ne lui avait laissé de regrets, tomber amoureuse d'une fille semblait très loin de ses repères et de son imagination. Jamais il ne lui serait venu à l'idée qu'elle puisse être séduite à ce point d'en venir à coucher avec elle... Jamais elle n'aurait pensé qu'une fille puisse lui faire de l'effet. Et pourtant... Elle a éprouvé une attirance pour la propriétaire de la maison d'Orsay, et sans même se dire que Laura aurait pu ne pas être sur la même longueur d'onde, elle a un soir franchi le seuil de sa chambre. La suite a été bien plus agréable que ce qu'elle aurait cru. Et puis, petit à petit, elle est tombée amoureuse.

Elle n'a même pas trouvé ça étrange.

En revanche, elle n'apprécie pas ce qui se passe entre Raphaël et Laura. Elle n'a aucun droit sur Laura, elle n'est rien pour elle, juste une amie un peu proche mais Raphaël lui déplaît profondément. Il la met mal à l'aise, elle ne le sent pas capable de rendre Laura heureuse... Elle a le pressentiment que ce type-là lui veut du mal, un mal absolu, quelque chose d'irréversible à son amie. Et elle ne veut pas la voir souffrir.

Quand elle était rentrée d'Évian et n'avait pas de nouvelles de son nouvel amant, Laura avait demandé brutalement à Marie de débarrasser le plancher... Elle avait obéi avant que ça ne dégénère. Une fois de plus, elle avait rejoint son père qui, d'ailleurs, avait été ravi de la surprise. Mais, aujourd'hui, la situation prend une tournure qu'elle n'aime pas. Laura a beau dire, toujours prétendre, Marie la connaît un peu et elle l'a vue changer, rentrer rayonnante d'un après-midi passé avec lui, tourner en rond en attendant son appel ou sa venue. Laura reste parfois des journées sans lui adresser la parole ou s'intéresser à elle...

Marie est en train de devenir l'étrangère, la gêneuse, l'encombrante.
Elle n'a pas mérité ça, elle n'a rien demandé. C'était l'idée de Laura de l'inviter à Orsay. Marie a accepté par jeu : la vie de serveuse à Deauville n'avait rien d'une fin en soi... De là à se faire humilier devant Raphaël !...
Marie a trop d'amour-propre pour accepter de n'être que celle qu'on appelle quand la vie est trop grise et que les draps sont trop froids.
Elle n'a pas eu beaucoup à réfléchir pour prendre sa décision.
Elle l'a mûrie pendant le dernier séjour chez son père. Elle ne lui en a rien dit, pourtant leurs discussions du soir avaient repris. Elles lui avaient fait du bien, elles lui avaient permis d'avoir de nouveau les pieds sur terre et de mieux prendre du recul. Lui était égal à lui-même, toujours de bon conseil, mais elle se voyait mal lui demander son avis en lui exposant les faits tels qu'ils sont : *Papa, il faut que je te parle ; je suis amoureuse de Laura, nous couchons et vivons ensemble depuis quelques semaines, mais elle vient de ramener un homme à la maison. Qu'est-ce que je dois faire ?...* Elle l'imaginait assez mal avoir ce genre de conversation... Il avait beau être tolérant, elle n'était pas persuadée qu'il garderait la tête froide pour la conseiller... pas persuadée du tout.
Depuis quelques semaines, elle vit sur une corde raide qui se tend et se détend. Elle subit les aléas de la vie de Laura, elle paye le prix des sautes d'humeur de Raphaël, elle est à la merci d'une histoire bizarre entre une fille qu'elle aime de plus en plus et un type qu'elle a entrevu un soir à Orsay, une espèce de psy pas clair à l'allure sombre...
Quand on le regarde de près, il donne l'impression d'être par hasard dans sa peau...
Elle a du mal à définir précisément l'effet qu'il lui fait mais, en dehors de toute jalousie, elle se demande ce

que Laura peut lui trouver. En même temps, elle est bien placée pour savoir que parfois la vie réserve des surprises.

Si on lui avait dit juste avant Deauville qu'elle tomberait amoureuse d'une fille, elle aurait haussé les épaules en disant qu'il n'y avait aucun risque.

Et puis Laura a débarqué dans sa vie. Et elle n'a pas envie qu'on lui fasse du mal.

Depuis quelque temps, Marie la retrouve parfois en larmes. Elle la prend dans ses bras, la console. Laura lui raconte, se confie. Elle dit que c'est juste un mauvais passage.

Marie n'ose plus lui dire de faire attention...

Elle se souvient très bien des questions et des sujets à éviter.

Les réactions de Laura sont trop violentes et imprévisibles pour qu'elle s'y risque. Elle tient à elle, elle tient aussi à préserver leur relation. Elle part de temps en temps se vider la tête chez son père ou dans son studio de la rue Saint-Séverin, mais elle ne considère pas l'histoire comme terminée... Loin de là !

Dans l'esprit de Marie, c'est une soupape qui leur permet de respirer, d'évacuer. D'ailleurs, chaque fois qu'elles se revoient, leur histoire reprend de plus belle. Oubliées les phrases un peu dures qu'elles s'envoient de temps en temps à travers la figure, balayés les doutes et les remises en question. Elles sont de nouveau heureuses d'être ensemble, pour discuter, dîner, aller au cinéma ou s'aimer. Laura s'intéresse à elle, lui pose des tas de questions sur ses cours et ses activités. Marie prend un vrai plaisir à parler des réalisateurs qu'elle vénère, des films qu'elle garde en elle comme des repères ; ils lui ouvrent le chemin pour devenir ce dont elle rêve : une artiste capable de s'exprimer grâce à l'image et à des acteurs.

C'était avant Raphaël. Son arrivée a changé la donne, mais il n'est pas toujours là et Marie n'envisage pas de renoncer à Laura. L'existence de Raphaël lui donne, au contraire, l'envie d'être encore plus présente.

Elle veut se rendre indispensable... Ça n'en prend pourtant pas toujours le chemin.

Souvent, quand Laura l'appelle, c'est qu'elle va mal. Elle a besoin de parler, d'être rassurée. Marie vient à Orsay, lui remonte le moral en trouvant des arguments dont elle se demande où elle peut bien aller les chercher.

Au bout de quelques heures ou quelques jours, Laura va mieux. Alors, à demi-mot, elle fait comprendre à Marie qu'elle souhaite qu'elle la laisse.

Marie sait très bien ce que ça veut dire...

Raphaël va débarquer ou bien Laura va foncer le rejoindre. Et elle se retrouve seule dans sa voiture... Plus le temps passe, moins elle supporte. Laura la prend peut-être pour une conne... Elle est pourtant loin de correspondre à l'image que Laura peut se faire d'elle.

Elle a pris une décision irrévocable et tout va changer !

Elle n'a plus besoin d'y penser, les choses vont se faire d'elles-mêmes.

Et tout va être simple, si simple.

24

Je me pose souvent la question : les ai-je vraiment tuées ou suis-je tellement largué que j'en perds les pédales et que j'invente ? J'ai le sentiment que tout a existé... que je les ai exécutées de sang-froid pour des raisons obscures...
Juste elle que je regrette.
Juste elle qui me manque.
Je la sais aujourd'hui irremplaçable.
Pourquoi l'île Maurice ?
Encore et toujours la même litanie dans ma tête...
Une fois de plus j'étais seul, Camille n'avait pas voulu m'accompagner. Le climat était trop chaud pour elle, c'était trop loin... Peut-être sa double vie, déjà !
J'avais été invité par quelqu'un que j'avais soigné, il y a longtemps, et qui affirmait que je lui avais sauvé la vie. Il avait un hôtel à la Pointe aux Canonniers.
Encore une fois, la jeune Mauricienne était ravissante...
Elle travaillait à l'hôtel, n'avait aucune famille.
Elle était douce, de sangs mélangés, Inde, Australie, île Maurice. Elle ne parlait presque pas. Un soir, sans me demander, elle m'avait suivi dans ma chambre. Je

n'avais rien dit. Elle ne voulait qu'une toute petite place dans ma vie mais m'avait vite encombré. Elle ne me quittait pas... Rien ne l'intéressait à part être avec moi, n'importe où, quelles que soient les circonstances. Elle voulait être là, même sans rien faire d'autre que respirer mon air.
    Je n'étais ni patient ni amoureux...
    Je savais qu'elle ne nageait pas...
    J'étais rentré d'une balade en mer. Je m'étais composé un air hagard, perdu. J'étais trempé. J'avais déclaré qu'elle était tombée à l'eau, que je l'avais cherchée, sans succès.
    Ceux qui nous connaissaient m'avaient cru. Ils n'avaient même pas posé de questions... Ils nous voyaient ensemble depuis quelque temps et trouvaient que nous avions l'air de bien nous aimer.
    Ils avaient été horrifiés par ce drame et m'avaient témoigné leur sollicitude.
    Tu vois Laura, j'avais, une fois de plus, récupéré ma liberté.
    Il m'arrive de repenser à elle avec tendresse.
    On l'avait retrouvée le lendemain.
    Elle avait essayé de me rendre heureux.
    Je haïssais ceux qui voulaient me rendre heureux.
    Sa toute dernière erreur. Elle ne pouvait pas savoir. Elle n'avait pas eu le temps de s'en rendre compte. Je n'avais jamais eu l'air excédé. Elle avait commencé à prendre trop d'espace mais je n'avais jamais poussé un soupir, jamais rien montré pour le lui faire comprendre... Elle était en train de franchir la limite, le point de non-retour mais je ne l'avais pas prévenue, j'avais laissé faire. Ma logique personnelle s'était occupé du reste. Encore un accident. Les années avaient passé... Était venu Évian.
    Une balle aura suffi pour que tout me revienne. Et de mon univers elle aura fait sauter les vis, arraché les verrous, cassé les digues qui protégeaient mon insouciance et masquaient mes lézardes.

Une balle aura suffi pour qu'enfin je me voie fou.
Je ne sais pas si Camille le savait. Depuis longtemps elle ne me regardait plus... Ce qu'elle avait aimé de moi, je l'ignore, Laura... Mais ce qu'elle n'aimait plus, je te l'affirme, c'était moi.
Pourquoi, d'un coup, ce recul, ce détachement, cette lassitude ?
On cherche toujours pourquoi les amours se brisent... On n'imagine jamais être responsable des ratés, des changements d'attitude de ceux qui vivent à nos côtés... Et pourtant les naufrages arrivent rarement par temps clair... Je devais avoir dépassé les bornes !
Je me souviens maintenant.
On rentrait de Londres. Le temps sur Paris était épouvantable, tristesse de fin de week-end hivernal. Camille avait voulu dîner dehors. J'avais décliné la suggestion. Elle l'avait mal pris. J'avais plaidé une grande fatigue due à une trop grande dépense d'énergie à courir les boutiques anglaises avec elle ; j'avais déclaré rêver de calme.
Pour Camille, c'était la petite goutte en trop !
Pour la première fois, elle était sortie sans moi et rentrée à je ne sais quelle heure. Je m'étais même endormi. Le lendemain, tout était oublié mais le mal était fait.
C'était bien avant la rue Molitor...
Je lui avais demandé de m'excuser. J'avais essayé de lui expliquer la cause de mon énervement : une réunion importante à l'hôpital le lendemain matin tôt... Elle avait murmuré que ce n'était pas grave, mais je crois bien qu'elle avait pris conscience d'être depuis des années prisonnière à la fois d'un homme et d'une routine. L'homme l'avait peut-être séduite, il y a longtemps, et la routine commençait à lui taper sur les nerfs.
À ce moment-là, on avait aussi arrêté de se toucher. Elle se disait fatiguée. Elle faisait d'ailleurs quelquefois chambre à part pour mieux dormir... Finalement, on

ne s'était plus jamais caressés... On avait redormi ensemble, mais comme un frère et une sœur, jamais plus comme deux amants !
C'est à ce moment-là que j'ai dû commencer à perdre la tête.
Je me demande d'ailleurs si on peut dire ça comme ça...
Il doit y avoir un autre terme...
Je suis psychiatre, je devrais savoir...
J'ai de plus en plus mal au ventre et au crâne.
Et je n'ai rien à portée de la main pour me soulager.
Avec un peu de chance, ça ne va plus durer très longtemps.

25

Camille n'était pas descendue chez ses amis dans le Sud-Ouest.
Elle était allée huit jours au Sénégal avec Gilles.
Raphaël avait avalé Saint-Jean-de-Luz sans broncher. Elle n'ignorait pas la place de cette station balnéaire dans son cœur... et pour cause !
Elle en avait joué. Il n'avait pas vérifié. Il ne vérifiait rien. Elle savait depuis longtemps que Raphaël ne posait jamais de questions. Cela avait été d'autant plus facile.
Elle n'avait pas digéré l'épisode de la lettre. En fait, elle ne l'avait lue que rapidement, mais elle avait remarqué la signature et, à partir de là, avait improvisé. Sans réel succès puisque Raphaël avait nié mais elle le connaissait assez pour savoir qu'il s'était passé quelque chose à Évian avec cette Laura et que, peut-être, ça continuait. Il suffisait de voir sa tête depuis son retour, même s'il faisait des efforts désespérés...
Elle l'avait mal jugé, sûrement sous-estimé ses talents de séducteur. Elle se souvenait très bien de ce qui lui avait plu chez Raphaël : ce détachement, ce sentiment de totale indifférence par rapport à la chose amoureuse.

Les gens comme lui sont les plus grands charmeurs. Avec leur air de ne pas y penser, ils donnent l'impression d'être bien au-dessus de ça. Et, évidemment, c'est toujours sur eux que l'œil des filles se pose : elles ne supportent pas qu'on ne s'intéresse pas à elles !
Elle pouvait en témoigner. C'était exactement ce qui s'était passé avec Raphaël.
Elle avait des frissons en y repensant.
Qu'est-ce qu'elle avait pu fondre pour lui ! Elle l'aurait suivi au bout du monde. En ce temps-là, elle pensait encore qu'il aurait envie d'aller plus loin que la porte d'Auteuil...
Elle se trompait !
Mais elle ne regrettait rien. Elle trouvait juste dommage qu'ils n'aient plus la même complicité, la même envie de tout partager.
Par moments, elle sentait qu'il suffirait de pas grand-chose pour qu'elle le regarde autrement... S'il pouvait être capable de folie, de se lâcher sans réfléchir, de faire des gestes différents et des actes imprévisibles, elle serait la première à être là... Commencerait peut-être alors une nouvelle étape. Et puis – c'était complètement idiot et elle en était consciente – le fait d'imaginer Raphaël dans les bras d'une autre lui redonnait des idées. Elle en était presque à avoir de nouveau envie de faire l'amour avec lui après toutes ces années...
Elle n'était pas jalouse, elle se disait simplement que si Raphaël était capable de rendre une autre femme heureuse...
Elle se trouvait quand même assez présomptueuse.
Elle n'avait plus vingt ans, ni trente d'ailleurs, et sa concurrente, si concurrente il y avait, pouvait très bien être fort belle et avoir la moitié de son âge... Se comparer à elle relevait d'une certaine inconscience !
D'un autre côté, elle savait aussi que quelque chose de très fort, de quasi indestructible avait préservé leur union depuis tant d'années. S'ils avaient résisté à

dix ans d'abstinence sexuelle, ils devaient être attachés par d'autres liens...
Même une jeune femme de vingt-cinq ans ne ferait peut-être pas le poids !
Mais il faudrait qu'elle change de comportement.
Elle avait compensé les manques de son existence auprès de Raphaël par des aventures souvent sordides, parfois bouleversantes, mais toujours satisfaisantes pour sa libido.
S'ils décidaient d'essayer de reconstruire un tant soit peu leur vie, elle devrait mettre un terme à cette boulimie sexuelle qui lui avait permis de tenir toutes ces années.
Avec l'argent qui aidait à mettre du rose dans le gris.
Et Raphaël avait un peu d'argent. Elle aussi.
Peut-être était-ce déjà trop tard... Peut-être !
Elle se demandait aussi si Raphaël n'était pas malade.
Il avait changé, pas dans son comportement, mais ce qu'elle voyait au fond de ses yeux l'inquiétait.
Après tout, elle aussi était médecin et son regard de praticien sur l'homme qui partageait sa vie lui chuchotait que quelque chose – qui d'ailleurs n'avait rien à voir avec Évian – ne tournait pas rond.
Elle se souvenait de cette fois où il était rentré d'Espagne.
Il n'était déjà plus le même. Il souriait bizarrement, il parlait beaucoup, contrairement à son habitude ; il n'était pas dans le même état qu'en rentrant d'Évian mais, pour un œil exercé, son attitude clochait.
Elle n'avait aucune idée de ce qui n'allait pas, elle savait juste que ce n'était pas physique.
C'était lui le psy, pas elle.
Mais elle avait eu envie de demander un avis... à un autre psy.

26

Cela avait été facile pour Camille de retrouver Laura. Après avoir relu la lettre qu'elle avait gardée, elle avait consulté l'annuaire : l'adresse correspondant au numéro de téléphone inscrit par Laura au bas d'une page était située à Orsay.
Elle voulait voir à quoi ressemblait l'endroit.
Elle n'avait pas l'intention de s'attarder ; elle voulait juste se faire une vague idée, entrevoir celle qui lui faisait de l'ombre...
Elle pensait que le jeu en valait la chandelle. Elle ne voulait pas se séparer de Raphaël et se voyait mal quitter sa belle cage blanche et renoncer à sa vie confortable. C'était une chose de tout remettre en question, mais, à quarante ans passés, on ne change pas d'existence sur un claquement de doigts. Il valait quand même mieux peser le pour et le contre et ne pas faire n'importe quoi.
Elle avait tourné un quart d'heure dans Orsay avant de trouver l'adresse. Elle s'était garée un peu plus loin et avait tranquillement remonté la rue à pied, le plus lentement possible. En arrivant sur la petite place où se trouvait la maison, elle avait tourné la tête pour essayer de voir.

Et elle l'avait vue.
Une fille brune, belle, grande, qui lisait derrière une verrière.
Elle devait avoir une trentaine d'années. Si c'était elle, Laura, elle avait effectivement du souci à se faire. La fille avait l'avantage. Camille n'était pas encore K-O mais l'autre menait aux points. Elle ne la voyait pas dans le détail mais ce qu'elle découvrait, en faisant semblant de flâner, suffisait.
Si c'était elle l'auteur de la lettre, elle comprenait que Raphaël puisse ne pas avoir envie d'en parler.
Il est des secrets qu'on ne tient pas à faire partager et Camille comprenait aisément pourquoi Raphaël préférait faire la sourde oreille à ses questions.
Elle avait affirmé à Raphaël qu'elle se moquait bien qu'il eût une aventure et qu'elle n'était pas jalouse, mais en voyant celle qu'elle pensait être Laura, elle sentait monter en elle un sentiment qui ressemblait étrangement à de la jalousie...
Elle était sur le point de partir quand une idée folle lui avait traversé l'esprit. Elle avait sonné. La beauté brune s'était levée et avait traversé le jardin pour venir lui ouvrir. Camille lui avait demandé de bien vouloir l'excuser pour le dérangement, mais on lui avait signalé que cette maison était éventuellement à vendre ; comme elle n'apercevait aucun panneau, elle s'était permis de sonner pour poser la question directement. Laura lui avait aimablement répondu qu'elle avait été mal renseignée. Elle avait ajouté qu'il lui semblait la connaître mais Camille avait affirmé qu'elle ne voyait pas...
Laura avait précisé que la maison serait sûrement à vendre un jour mais pas encore. Elles avaient parlé de choses et d'autres, de la présence de commerces et d'une école pas très loin. Laura avait confirmé que le RER était juste à côté et que c'était très pratique quand on ne voulait pas prendre de voiture pour aller à Paris.

La conversation avait duré jusqu'à l'arrivée d'une autre jeune femme, blonde celle-là, que Camille avait aussi trouvée ravissante. Elle avait tendrement embrassé Laura avant de se diriger vers la verrière ouverte.

Camille avait pris congé en remerciant Laura pour sa gentillesse et sa patience. Avant de partir, elle avait proposé de laisser une carte pour que Laura lui téléphone au cas où une autre maison serait à vendre dans le coin.

Laura avait pris la carte et, sans la regarder, l'avait glissée dans la poche de sa chemise.

Elle avait dit qu'elle appellerait si elle entendait parler de quelque chose. Camille lui avait précisé : *Demandez Camille, sur la carte le prénom n'est pas indiqué, juste monsieur et madame.*

Laura s'était elle aussi présentée. Camille savait ce qu'elle voulait savoir.

Elle pouvait rentrer rue Molitor.

Elle devait réfléchir, s'organiser, empêcher l'irréversible.

Maintenant, elle savait à qui elle avait affaire. C'était plus simple. Avant, elle naviguait à vue. Cependant, Camille pensait qu'elle ne ferait peut-être pas le poids. Laura était magnifique, le genre de fille qu'on croise et qu'on remarque. Elle n'était pas du genre tape-à-l'œil. Elle était beaucoup plus dangereuse. Elle avait à la fois la beauté et le charme. Elle avait du chien, comme Camille, mais avec les années en moins.

Camille comprenait mieux pourquoi Raphaël faisait une drôle de tête à son retour d'Évian. Si cette Laura avait croisé son chemin, la rencontre n'avait pas dû se faire sans dégâts... A priori, ses seuls intérêts dans la vie étaient l'art moderne et les ventes à Drouot mais, Camille en était certaine, il n'était sûrement pas resté longtemps insensible au charme de la jeune femme. En revanche, elle s'étonnait un peu que Laura ait succombé.

Il la surprendrait toujours.

D'accord, il avait une certaine allure mais de là à attirer une fille comme Laura, il y avait un monde... Ou alors elle avait décidé de s'envoyer en l'air, et Raphaël était là au bon moment !

Maintenant que Camille avait rencontré Laura, elle ne pouvait pas croire un mot de ce qu'il y avait dans la lettre. Raphaël avait beau avoir un certain charme, voire un certain attrait, Camille était sûre que Laura s'amusait avec lui.

Pourquoi ? Mystère. Elle avait peut-être envie de le manipuler, voir les hommes tomber à ses pieds l'amusait, elle s'ennuyait... Peu importait la raison, Camille sentait que Raphaël s'était précipité tête en avant dans un piège.

Laura était intelligente et avait assez de talent pour faire croire ce qu'elle voulait à qui elle voulait...

Même si Camille devenait jalouse, même si elle était furieuse, même si elle n'avait pas envie de défendre Raphaël, elle ne voulait pas non plus que la première brunette venue lui saccageât sa vie.

Elle était peut-être la femme trompée, ou celle qu'on prenait pour telle... mais elle allait faire son possible pour que Laura tombe sur un os.

Qu'on lui laisse juste un peu de temps...

27

— Ce que je peux être conne !...
Laura regarde Marie. Elle a la carte de visite de Camille à la main et la montre à son amie... Elle relit sans y croire : *M. et Mme Raphaël Dolan.* Marie ne peut pas s'empêcher d'éclater de rire.
— ... Ça pour être conne !... Remarque, elle est assez gonflée la petite dame. Chapeau ! Elle n'a peur de rien. Prends-en de la graine !
— ... Mais c'est vraiment nul... Ça fait des semaines qu'il me répète qu'il vit seul... Je ne lui ai rien demandé... Je ne comprends pas. Quel intérêt ? Peut-être qu'il s'imagine que j'aurais hésité... C'est quand même insensé... Il a cinquante balais, il est psy, et il se comporte comme un môme...
— ... Moi c'est pas lui qui m'étonne, c'est elle !... Pourquoi est-ce qu'elle est venue ?... Tu crois qu'elle voulait voir ta tête, savoir à quelle sauce tu le bouffes ?...
Marie est hilare. La visite de Camille l'amuse. Enfin un peu d'animation dans cette histoire sans queue ni tête. Elle est ravie de cette visite impromptue qui l'arrange... Peut-être même qu'elle ne va pas avoir à mettre en œuvre ce qu'elle a échafaudé chez son père.

— Mais comment a-t-elle su où tu habites ? C'est quand même pas Raphaël qui lui a dessiné un plan pour venir !...
Laura ne répond pas. Elle n'a jamais parlé à Marie de la lettre qui fait partie des erreurs sur lesquelles elle a préféré garder le silence... Elle se risque :
— ... Je lui ai écrit un mot une fois ; je l'ai déposé dans sa boîte... J'avais ajouté le téléphone de la maison... Elle n'a pas eu de mal à trouver l'adresse !
— ... De mieux en mieux, tu m'étonneras tous les jours ; tu peux être fière !...
— Écoute, je n'ai aucun compte à te rendre... On n'est pas mariées, pas même pacsées, alors tes commentaires !...
— Très bien, parfait !... Seulement ne viens plus m'appeler à n'importe quelle heure du jour ou de la nuit pour me dire que tu es minée, qu'il se fout de ta gueule, etc. !... Tu vois ce que je veux dire ? Quand ça t'arrange, j'ai le droit de te dire ce que je pense mais quand je te mets le nez dedans, tu n'apprécies pas !... Tu fais comme tu le sens, Laura ! Je veux bien te servir de remontant ou de mouchoir et même de copine et occasionnellement de maîtresse !... Mais à partir de maintenant, en ce qui concerne les conseils au sujet de tes peines de cœur et de tes psychiatres cinglés, tu m'oublies !... Ce mec te raconte n'importe quoi, il te drague, tu plonges et après tu viens te plaindre !... Moi qui croyais que tu faisais partie des femmes inébranlables, celles à qui il ne fallait pas la faire !... Si on t'écoute, ils se traînent à tes pieds, tu n'as qu'à taper dans tes mains pour qu'ils aillent te décrocher la lune !... Tu te souviens, Laura ?... Tes discours sur les hommes ceci et les hommes cela !... Ils ont bon dos tes conseils pratiques, ou comment faire d'un homme une épave en dix leçons ! Bravo !... Je n'ai pas d'autre mot, bravo !

Laura entend Marie plus qu'elle ne l'écoute. Il y a un drôle de bruit dans sa tête, comme si elle n'arrivait pas

à être sur le bon poste, comme si les parasites avaient envahi sa fréquence. Marie a raison. Complètement raison. Elle a du mal à trouver ses mots :
— ... Je me suis plantée... Ça arrive... J'ai été nulle ! J'étais tellement persuadée que je m'en ficherais !... Je ne pouvais pas me douter... Et maintenant j'avoue : je suis mal, je suis accro !
— ... Tu es accro ?... Mais ouvre les yeux, Laura ! Réveille-toi !... Il vit avec une bonne femme si sûre d'elle qu'elle vient te narguer chez toi !... Elle te donne même sa carte de visite avec leurs deux noms ! Non mais tu t'imagines, une carte de visite !... Et toi il te reste tes yeux pour pleurer et tu viens me dire que tu es accro !!!... Non mais où on va Laura, où tu vas ? C'est quoi la suite ? Tu te traînes à ses pieds et tu lui promets d'être gentille et soumise et dévouée, et tu tends l'autre joue pour qu'il te colle une deuxième claque au cas où la première ne suffirait pas ?... Tu peux même lui promettre que tu es d'accord pour le ménage à trois, lui dire que tu n'as jamais essayé et que ça te tente !... Ajoute aussi que sa nana a l'air sympa et franchement belle !... Tu peux aussi lui parler de moi et lui dire que si trois, ce n'est pas assez, tu veux bien essayer de me convaincre d'entrer dans le cercle, plus on est de fous !...

Marie est hors d'elle. Elle ne comprend pas comment Laura peut rester à la regarder sans bouger... On pourrait croire qu'elle n'est pas concernée, que Marie parle d'une étrangère.

Elle allume cigarette sur cigarette. Elles s'affrontent dans la cuisine. C'est généralement là qu'elles campent et que tout se passe. Laura a installé une table munie d'une plaque chauffante en son centre qui permet de faire cuire des plats sans se lever et de continuer à discuter sans avoir à s'interrompre.

— ... Je te jure, je ne sais pas quoi faire... Peut-être qu'il n'est pas au courant...

— ... Au courant de quoi ? De la visite de sa femme ? Peut-être pas. Et alors ? Ça change quoi ? Il est parti prendre l'air à Évian, il te rencontre, il semblerait qu'il te séduise et, en même temps, il te raconte des histoires... Imaginons : il est sincère, il ne savait pas comment te parler de sa vie, il en met une partie aux oubliettes... Imaginons... Et après ? Il t'avoue avoir menti, il va chasser sa femme, devenir exactement celui qu'il a prétendu être ?... Tu crois à ce genre de fable ?... Ça fait combien de temps maintenant ?... Un mois et demi ? Il aurait pu commencer à annoncer la couleur, non ?

— Tu sais, j'ai la conviction d'être la première fille avec qui il trompe sa femme... Ce n'est pas son genre... Je les connais les hommes, je les ai vus agir... Raphaël n'est pas comme ça... C'est un timide, il ne sait pas comment gérer sa vie... Il est paumé, j'en suis sûre... Sa femme a piqué la lettre et a pris sur elle de venir ici... Il ne l'a jamais reçue, il est tombé des nues quand je lui ai demandé s'il l'avait lue...

— ... Tu veux que j'aille faire un tour chez lui ? Je peux moi aussi lui poser deux ou trois questions te concernant, histoire de savoir ce qui se passe... Je lui fais des excuses, lui parle de ton état, lui dis que tu es triste, que tu ne sais pas quoi faire... Il va m'écouter, j'en suis sûre, et puis si jamais il ne m'écoute pas, on saura qu'il s'en fout, qu'il ne porte aucun intérêt à votre histoire et là tu seras fixée...

— ... T'es pas bien ! Déjà, si c'est elle qui ouvre la porte, elle va te jeter dehors... Elle te connaît, elle vient de te voir... Et si c'est lui, je ne vois pas ce qu'il pourrait avoir envie de te dire !... Chaque fois qu'il vient ici, tu ne lui adresses pas la parole !... Si encore tu t'étais intéressée un peu à sa présence, si tu avais daigné au moins faire semblant, accepté de dîner avec nous quand on te le proposait, il aurait pu avoir envie de se confier... Mais là, Marie, c'est loin d'être le cas... En plus, je ne vois pas pourquoi il aurait envie de s'épancher... Il est psy, je te le rappelle, et, normalement, c'est lui qui est supposé écouter !...

— ... Je me suis toujours demandé si ces types-là n'étaient pas plus fous que ceux qu'ils soignent... À force de côtoyer des détraqués... D'ailleurs, tu n'as qu'à voir son état !...

— Tu sais, c'est surréaliste... J'ai le sentiment qu'il m'a bien eue mais, en même temps, je ne sais pas pourquoi, je ne peux pas m'empêcher de le plaindre... Il a un poste important dans un hôpital, il s'emmerde dans sa vie et ça le mène à Évian. Il tombe sur moi, ou je tombe sur lui, au choix, et, du jour au lendemain, sa petite vie inintéressante change d'allure... Il se retrouve dans une spirale qui lui échappe et à moi aussi... Là, j'avoue que c'est le comble, ça dépasse l'entendement !... Je me fais promener par le contraire de mon type d'homme... Il me balade et il a l'air d'avoir le beau rôle... Moi je suis la gourde !... C'est une grande première Marie, une grande première !

28

J'ai toujours aussi mal à la tête.
Je n'avais plus mal à Évian.
C'est curieux, Laura. À se demander pourquoi et comment la douleur revient et, surtout, pourquoi elle disparaît sans prévenir...
À Évian, j'avais perdu la notion de mon quotidien, de Camille, de ma vie d'avant, de mes responsabilités, de ces douleurs atroces qui me vrillent et me déchirent le crâne... Je ne m'en suis jamais méfié. Tout le monde a mal à la tête... Une aspirine et on n'en parle plus. Trop de travail, trop d'échelles à gravir pour rester au niveau, écouter, s'intéresser aux autres, essayer de les soigner... Le mal au crâne vient forcément de là et on glisse, on oublie ; vive le cachet miracle !
Personne n'en savait rien, je n'avais pas ressenti le besoin d'en parler.
À part à Camille...
Elle me voyait prendre un comprimé de temps en temps, et puis de plus en plus souvent... Je traîne ça depuis des années. Si je te dis que je m'y suis habitué, c'est un peu vrai Laura, mais il n'empêche que la douleur est toujours là... Tu sais ce qu'on raconte, Laura :

les cordonniers sont toujours les plus mal chaussés...
Pour moi, c'est pareil, je passe ma vie dans un hôpital ; je n'ai qu'un mot à dire, un mètre à faire pour qu'on m'ausculte, qu'on me regarde l'intérieur...
Mais ce mot, je ne l'ai jamais dit et le mètre je ne l'ai jamais franchi... je n'ai jamais bougé le petit doigt pour me faire soigner !
Je te l'ai déjà dit, Laura, je ne suis jamais allé plus loin. Je me suis persuadé que je n'avais rien... Mal au crâne, après tout, quoi de plus banal... Et puis je sens que je deviens schizophrène, ou même que je le suis depuis longtemps... J'ai peut-être des hallucinations et des pertes de mémoire... mais je préfère les ignorer...
Je n'ai pas envie d'affronter une certaine réalité...
Je n'ai jamais été courageux.
Il m'est pourtant arrivé de questionner des confrères neurologues.
Je leur présentais mon cas comme celui d'un patient de mon service, en décrivant ses symptômes. Leurs réponses, assez imprécises, évoquaient toujours des tumeurs frontales et leurs conséquences qui me terrifiaient. J'insistais, en parlant des visions, des événements auxquels mon malade semblait assister, des sons qu'il entendait dans sa tête... Les spécialistes ne se sentaient pas concernés, estimant que j'étais sans doute le mieux placé pour soigner ces troubles qu'ils jugeaient relevant de la psychiatrie.
J'ai tellement mal à la tête Laura, et si mal au ventre...
Le scanner que j'ai accepté de faire il y a six mois, contraint et forcé par Camille, n'a rien décelé. Le radiologue n'avait peut-être rien vu ou, peut-être encore, ne voulait-il pas être celui qui m'annoncerait la mauvaise nouvelle...
Je ne sais plus qui croire.
Et si ces douleurs n'existaient que dans mon esprit pendant les moments de stress ?...

Je te le répète, Laura, aucune trace d'elles à Évian... J'avais tout refait à neuf ; plus de contraintes, du repos, l'envie de ne penser qu'à toi.

Même ces tueries inutiles, même les images insupportables qui me hantaient avaient disparu. Il y avait relâche, couvre-feu, interlude... Rayés de ma mémoire ces tragédies minables, les films de série B, les films noir et blanc presque sépia dans lesquels j'avais le rôle de l'affreux jojo, du moins que rien, du cinglé de service sans espoir et sans classe. C'en était fini de ce pauvre mec sans éclat qui prétendait sans jamais rien oser, prisonnier de sa peur et de ses pulsions assassines...

J'avais trempé ma vie dans l'eau de Javel...

Tout était devenu tellement plus blanc...

J'aurais presque pu croire au miracle !

Mon mal de tête a dix ans... À quelques jours près. C'est précis, il s'est déclenché à la mort de mon père.

Je m'en souviens, j'y étais ! On venait de l'incinérer et j'avais l'urne encore chaude dans les mains.

Ma mère et lui s'étaient revus par hasard et étaient presque retombés dans les bras l'un de l'autre. Ils étaient devenus amis. Ils se parlaient chaque semaine, une solitude soutenant l'autre. Il avait disparu un jour, sans prévenir ; l'histoire banale du type qui part acheter des allumettes et ne revient jamais. Ils n'étaient pas divorcés et elle était restée seule. Lui avait refait un bout de chemin avec une autre, et à elle aussi il avait tiré sa révérence.

Ma mère et mon père s'étaient retrouvés...

Il était mort soudainement un matin, dans sa salle de bain... Les accidents vasculaires cérébraux font beaucoup de dégâts malgré les efforts de la médecine.

La femme de ménage l'avait trouvé en arrivant et elle avait appelé le Samu. Ma mère avait été prévenue le jour même. Nous étions deux près du corps à la Pitié-Salpêtrière...

Nous n'étions pas beaucoup plus au Père-Lachaise : ma mère, Camille, ma douleur balbutiante, quelques inconnus et moi.

L'orgue ; le four qui ronfle sans états d'âme. On donne l'urne à ma mère qui me la met dans les mains.

C'est ce jour-là que la douleur a pointé son nez...

Je te jure que je ne l'attendais pas...

Tu vois, elle est restée, elle ne m'a plus quitté.

C'est une vraie longue et belle histoire !

29

— Elle est belle ta Laura... Je ne peux rien te dire de plus... Elle est belle... Je pourrais presque ajouter que je t'approuve... Enfin non, ça je ne peux pas... mais je te promets que je comprends !... Ce n'est pas le genre de fille qu'on peut laisser passer...
Camille regarde Raphaël. Elle a dit ça gentiment, sans aigreur, sans aucune méchanceté. Elle vient de rentrer de l'hôpital. Il est avachi dans le petit canapé face au mur de lumière des vitres du séjour. Il n'a pas bougé depuis le matin. Il feuillette distraitement *La Gazette de l'Hôtel Drouot*. Quand elle est partie, il était déjà là. Elle a appris qu'il n'a pas mis les pieds à l'hôpital depuis au moins deux jours. Elle ignore s'il dort, s'il mange, ce qu'il fait de ses journées.
Depuis sa visite à Laura, elle a pourtant pris sur elle et décidé de tout mettre en œuvre pour que Raphaël la regarde. C'est compliqué. Il a l'air anesthésié, incapable de prendre une décision. Jamais elle ne l'a vu ainsi. Il faudrait une grue pour le faire bouger. Dix jours depuis Orsay. Elle ignore ce qui a suivi. Elle est certaine que la carte de visite a eu un effet pervers. Elle n'a qu'à le regarder... Laura s'imaginait peut-être

qu'il vivait seul... Avait-il oublié de mentionner son existence ?

— ... Combien de fois faut-il que je te le dise, je ne connais pas de Laura... Tu fais une fixation !...

Il a répondu d'une voix calme, si calme que Camille en est à se demander si elle ne fait pas fausse route... Après tout, Laura ne lui a rien dit. Elle n'a eu aucune confirmation de ce qu'elle soupçonnait... C'est vrai, une Laura vit à l'adresse d'Orsay pourtant, là encore, il peut s'agir d'une coïncidence ou d'une manœuvre... Mais qui monterait un coup aussi tordu ? Et pourquoi ?...

— Elle est vraiment belle, mais elle vit avec une fille... jolie d'ailleurs !... On n'a pas l'impression que les hommes c'est son truc, ou alors à ses heures perdues... Enfin, tu as dû t'en rendre compte !...

Camille est devenue acide. Au début, elle ne le fait pas exprès mais elle a du mal à se retenir ; les mots sont lâchés. Laura détruit Raphaël, elle va détruire Laura, d'une façon ou d'une autre.

— J'ai presque cru qu'elles allaient m'inviter... C'est surprenant comme ces filles peuvent être sans complexes !... Elles sont prêtes à draguer une inconnue... Remarque, j'aurais dû rester. Je t'aurais raconté la suite parce qu'il se serait sûrement passé quelque chose... Elles s'ennuient dans leur campagne, toutes les occasions sont bonnes... Je ne sais pas si la maison est grande... Tu dois le savoir toi ?... En tout cas, elles semblent très amoureuses... Il y a des signes qui ne trompent pas... Enfin, pas pour toi qui as du mal à voir ce que tu as sous les yeux, mais quand on regarde et qu'on écoute bien, c'est flagrant !...

Raphaël est toujours aussi calme. Il regarde Camille comme si elle lui parlait dans une langue inconnue, comme si elle lui racontait une histoire à dormir debout. Il ne répond pas et préfère esquisser un léger sourire.

À croire que ce qu'elle raconte lui passe au-dessus de la tête.

— Elle ne t'a jamais dit qu'elle vivait avec une petite amie ?... Décidément, vous ne vous parliez pas beaucoup à Évian... J'imagine que vous aviez autre chose à faire... Enfin, elle est quand même gonflée d'avoir fait l'impasse, parce que la jeune femme a l'air de prendre beaucoup de place, il ne doit pas en rester des masses pour toi !... C'est vrai, tu es compréhensif, tu te contentes de peu ; et puis, je le sais, tu ne poses jamais de questions !

Camille s'est assise au bord d'un fauteuil face à Raphaël. Imperceptiblement, il commence à changer d'attitude. Ses mots font mouche, elle le sent. Elle les a choisis pour ça. Elle voit bien, il tombe des nues. Il avait une idée approximative de la situation mais pas une vision d'ensemble. Elle le dévisage, elle ne fait pas fausse route, c'est évident. La Laura d'Orsay et celle de la lettre ne font qu'une.

Chaque mot a atteint son but.

Il commence à être un peu sonné et a de plus en plus de mal à la regarder en face...

Il la fixe puis il détourne les yeux, comme si l'épreuve était insupportable. Il avait déjà le visage pâle et presque gris, c'est pire maintenant. On peut presque craindre qu'il se trouve mal...

Elle a quelques scrupules à continuer mais maintenant qu'elle a commencé, elle ira jusqu'au bout... Si elle doit le perdre, tant pis, mais elle lui dira ce qu'elle a sur le cœur... Heureusement, lui ne sait rien de sa vie dissolue : elle aurait du mal à être crédible !

— Remarque, tu ne lui as rien dit non plus, vous êtes quittes ! C'est fou comme on peut se faire des idées !... On croit que les gens disent la vérité et puis non, c'est pas du tout ça ; c'est même le contraire !... Je suis désolée !... Je pensais que tu étais au courant, je ne voulais pas être la porteuse de mauvaises

nouvelles !... Je te jure ! Tu me connais assez pour savoir que je suis plutôt du genre discret !... Je n'en ferai jamais d'autre, je suis navrée, je ne voulais pas te faire de la peine !...
La gifle la prend par surprise. Il l'a balancée de toutes ses forces.
Elle a failli tomber, elle a du mal à parler mais enchaîne :
— J'ai bien fait de rester, je me doutais qu'il y aurait encore des festivités, la nuit ne fait que commencer !...
Il s'approche, prend sa tête entre ses mains, la regarde longtemps, longtemps et, avec un sourire :
— Je vais te tuer Camille. Je t'aime infiniment, je t'ai aimée toute mon existence, plus que tu ne pourras jamais l'imaginer, à la folie parfois mais, un jour, je vais te tuer... Tu m'emmerdes, je ne peux plus te supporter. Je sais, tu me crois faible et trouillard et tu as raison, je suis peureux, mais je serai assez fort pour te tuer parce que je te hais autant que je t'aimais, c'est dire !...
Elle répond dans un souffle :
— ... Mon pauvre Raphaël... Tu te vois, toi, un psychiatre réputé, un médecin reconnu, risquer de mettre en péril ta carrière !... Ouvre les yeux, tuer n'est pas qu'une simple question de courage, c'est aussi des conséquences... Tu te vois faire la une des journaux du soir ?
Elle a du mal à parler, sa lèvre saigne. Il l'a lâchée, a reculé et, calmement, lui dit :
— ... Tu vois, je ne sais pas qui est cette Laura dont tu parles, mais tout ira bien Camille... Tu vas continuer ta vie et moi la mienne ; on va se pardonner, ménager les apparences... Personne ne pourra jamais dire qu'on a eu des problèmes... Ta lèvre et ta dignité vont cicatriser, tu vas être forte et faire semblant, parce que faire semblant, c'est ta spécialité... Et un jour, sans que tu t'y attendes, sans que tu t'en doutes, je vais te tuer... Je sais

faire. Fais-moi confiance, personne ne saura que c'est moi, personne !...

Camille le regarde sans comprendre. Elle a entendu ce qu'il vient de dire, mais elle se demande de quoi il parle, à quoi il peut bien faire allusion...

Et elle se met à rire.

30

Camille avait laissé sa carte de visite à Laura pour qu'il y ait des retombées. Les choses n'en resteraient pas là.
Une semaine après la visite de Camille à Orsay, Laura a téléphoné à Raphaël à l'hôpital. Il l'a rappelée un quart d'heure plus tard. Elle lui a proposé de déjeuner chez Prosper, place de la Nation. Elle y a ses habitudes. Elle a à lui parler mais préfère que ce soit de vive voix... Il ne connaît l'endroit que de nom et de réputation. Il sait que ce n'est pas le genre de restaurant qu'il aime, trop quelconque, trop bruyant... Lui, il préfère les endroits calmes, les atmosphères chaudes, sensuelles... Le rendez-vous est fixé autour de 13 heures, le temps que l'un et l'autre arrivent de leur banlieue respective – l'hôpital de Raphaël est aussi excentré que la maison de Laura.
Elle est arrivée en avance, pour être sûre d'avoir une table un peu à l'écart. Ce qu'elle a à lui raconter est confidentiel et elle n'est pas du genre à se donner en spectacle.
Il est arrivé en retard. Il a eu un peu de mal à se garer, et il ne connaît pas bien le quartier. Son univers

à lui, c'est le XVIe arrondissement, il laisse le reste de Paris aux autres. Il n'a pas la moindre idée sur la raison de ce rendez-vous impromptu. Depuis quelque temps, ils se retrouvaient chez Laura. C'était devenu une routine. Une fois ensemble, ils décidaient de l'endroit où aller. Là, elle l'a pris par surprise. Il n'a pas l'habitude de déjeuner, encore moins de traverser Paris et ses bouchons pour cela.

Son accueil a été frais.

Elle ne perd pas de temps en préambules. Elle lui demande des nouvelles de Camille. Il reste sans expression. Il se ressaisit et, comme lorsque Camille le questionnait sur Laura, il fait celui qui ne sait pas de quoi elle parle. Laura lui raconte alors la visite de Camille à Orsay, son prétexte pour l'aborder.

Elle avoue y avoir cru.

Elle sort ensuite la carte de visite de son sac.

Raphaël se décompose.

Il s'attendait au pire mais n'aurait jamais imaginé qu'elle ait pu aller jusque-là !... Il croyait connaître Camille, il n'en est rien.

Elle ne lui a pas menti.

Elle est bien allée à Orsay. Tout ce qu'elle lui a dit avant la gifle était vrai. Il croyait avoir été discret, il tombe des nues.

Tout ce qu'il a vécu depuis Évian, cette vie différente, cette impression d'être un autre, de se sentir exister, tout s'effondre. Sa carte de visite en est la preuve... *M. et Mme Raphaël Dolan...* Mais il n'y est pour rien... Si Laura n'avait pas eu la bonne idée de lui écrire une lettre et de la déposer chez lui, il n'en serait pas là.

Camille est une femme brillante. Et imprévisible.

Il n'a pas dû lui falloir longtemps pour retrouver Laura d'autant que celle-ci lui confirme avoir noté son numéro de téléphone au bas du mot pour qu'il la rappelle !

Ils n'ont pas touché à leur assiette, plus préoccupés par trop de non-dits à éclaircir.

Raphaël a fini par admettre avoir passé une partie de sa vie sous silence.

Il n'a pas eu envie d'en parler... Il vivait des moments magnifiques avec Laura, il ne s'était pas senti le droit de les polluer. Ça faisait longtemps qu'il était en attente d'un signe de la vie, et ce signe c'était elle...

Quand arrive un miracle, c'est idiot de le gâcher. Il n'a pas eu d'arrière-pensées. Il avait, pour un instant, eu l'envie de se dire libre, à la merci d'une histoire imprévisible dont personne, surtout pas lui, ne pouvait prévoir la suite.

Il a vécu l'instant présent sans penser aux conséquences...

Si Laura ne comprend pas, alors tant pis, tout est de sa faute mais il a agi par omission, pas par calcul ou désir de nuire.

Laura l'écoute en essayant de ne pas se laisser influencer par les accents de sa voix.

Raphaël sait s'en servir. Il n'a pas encore perdu la main.

Elle lui demande la vérité sur son histoire d'ouvriers et de peinture...

Il avoue : il ne voulait pas qu'elle croise Camille. C'est tout ce qu'il a trouvé comme excuse...

Pour la première fois, il se sent pris en faute.

Elle insiste, lui dit qu'elle n'a pas accepté ses avances après avoir fait une enquête de police... Elle s'en fichait qu'il soit célibataire ou marié ou père de famille. Elle a obéi à une pulsion, a eu envie de ses mains et de son corps sur elle, ça ne passait pas par la remise d'un papier timbré ou d'un curriculum vitae...

Raphaël explique qu'il n'est pas coutumier de ce genre d'aventure et qu'il a eu du mal à gérer. Il s'est retrouvé dans une spirale où chaque mot et chaque geste étaient improvisés... Pour la convaincre, il ajoute qu'il est resté fidèle à Camille depuis leur rencontre, vingt ans auparavant. Quand elle a pris l'initiative, à Lausanne, il n'a pas réfléchi.

Rien de sa part n'a été prémédité... Elle était attirante et belle, il avait eu envie de dîner avec elle mais jamais il n'aurait imaginé se retrouver le soir même dans son lit... Il ne lui en veut pas, il faut juste qu'elle assume...

Laura lui confie n'avoir songé à coucher avec lui qu'au restaurant. À un moment donné, elle l'a regardé et elle a eu envie.

Elle s'était dit que ce serait pour une nuit mais, deux jours plus tard, elle avait ressenti un manque de lui. C'était ça la vérité. Elle non plus n'a rien calculé...

Plus la conversation avance, plus elle sent la partie lui échapper.

Elle est arrivée avec l'envie d'en découdre – la visite de Camille lui restait en travers –, elle devait le lui dire, comprendre, savoir comment et pourquoi les choses avaient dérapé...

Le temps passe et elle se sent faiblir.

Marie ne va pas être contente.

Au moment où le serveur apporte les cafés, Raphaël lui parle de Marie. Elle se sent d'autant plus mal. Sur le ton de la plaisanterie, il lui demande comment elle fait pour passer aussi facilement d'elle à lui.

Elle le regarde sans comprendre...

Marie est une amie rencontrée à Deauville ; elle était serveuse pour l'été. Elle se sentait parfois seule et en avait assez de voir sa vie partagée entre des études de cinéma et son petit studio. Laura l'a invitée à venir partager sa grande maison, c'est tout. Elle a un léger handicap : elle est sujette à des pertes de mémoire depuis un accident de voiture, il y a longtemps. En tout cas, c'est ce que Marie lui a dit, ou du moins, c'est ce qu'elle a cru comprendre à Deauville. Elle se considère un peu responsable d'elle et elle l'aime beaucoup ; c'est pour

cette raison que Marie est souvent à Orsay. S'il s'intéressait un peu plus aux personnes qui traversent sa vie, il aurait vite compris à quel point Marie est attachante... Mais il ne pense qu'à elle, comme si elle était devenue le centre de son monde... Elle dit ça avec un petit sourire...
Raphaël ne répond pas. C'est vrai qu'il fait une fixation sur Laura, c'est vrai que Marie le gêne. Elle est toujours dans les parages. Elle est l'obstacle et, par moments, il aimerait bien qu'elle soit moins présente. Mais il ne peut pas le dire à Laura. Elle n'apprécierait pas.
En ce qui concerne leur amitié, il n'a aucune façon de savoir si c'est la vérité... Elles peuvent être amies ou amoureuses ; si Laura apprécie autant les femmes que les hommes, il n'a rien à dire !... À part accepter ou renoncer.
Il la regarde se débattre avec ses explications.
Elle fume beaucoup mais lui a demandé s'il supportait la cigarette avant de se permettre d'allumer la première.
Il n'a rien contre... Lui a arrêté huit ans auparavant, après la mort d'un médecin de son service. Il avait flippé...
Elle continue à argumenter à propos de Marie, ajoute même que c'est grâce à elle qu'elle avance dans l'écriture de son roman...
Elle lui lit ses dernières pages, ce qui lui permet d'avoir un avis. Et Marie ne lui fait pas de cadeau !
Raphaël aimerait demander à Laura de lui lire aussi quelques passages... Juste pour voir sa tête !
Au fond, il le sent bien, elle lui raconte des histoires, elle n'écrit pas de livre... Pourquoi s'enfoncer dans cette histoire ? Pour épater qui ? Elle ?... Elle a un problème...

31

— ... Je te jure, il est devenu dingue !
Camille était en pleine conversation téléphonique avec Étienne Ravel... Ils ne s'étaient plus adressé la parole depuis longtemps... Elle avait été sa maîtresse brièvement, à la fin de leurs études. Ils étaient restés en contact. Ils s'étaient revus quelquefois, au hasard de postes dans différents hôpitaux. Il fait partie de ceux à qui elle fait confiance, depuis toujours. Même s'ils ne se voyaient pas pendant quelque temps, ils restaient proches et surtout, surtout, elle pouvait compter sur lui. Quand elle lui demandait son avis, il le lui donnait, sincèrement. Ils recouchaient ensemble, parfois, par plaisir.
— ... Comment ça, dingue ?... Il a toujours été l'exemple même du calme et de la réflexion... Quand on parle de Dolan, ça n'est pas rien ! C'est quelqu'un qu'on montre du doigt pour son parcours, son rayonnement, son sens du diagnostic, ses qualités et ses facultés d'analyse... Alors, si tu me dis qu'il est dingue, j'ai un peu de mal à suivre... Qu'est-ce qui te fait penser ça ?...
Ravel était, lui aussi, psychiatre, dans un autre hôpital. Elle avait hésité avant de l'appeler mais les menaces

de Raphaël avaient eu raison de ses derniers scrupules. Tant qu'il avait l'air prostré et déprimé, il y avait des remèdes. Peut-être avait-il tiré un peu trop sur la corde, et son séjour à Évian n'avait rien arrangé. Mais la façon qu'il a eue de la regarder fixement, l'œil brillant, et cette promesse de l'assassiner, ce n'était pas son genre... C'était inquiétant.

Jamais il n'aurait parlé comme ça avant de rencontrer Laura, ou alors elle le connaissait mal.

Sa dernière phrase surtout l'intriguait.

Il avait dit que tuer, il savait !

À quoi pouvait-il bien faire allusion ? Elle n'en avait aucune idée.

— ... L'autre soir, je l'ai un peu poussé à bout et il m'a balancé une gifle... Je suis presque tombée sur la moquette, j'avais la lèvre en sang... Il m'a pris la tête dans ses mains pour me dire calmement qu'un jour il allait me tuer... Il a précisé que personne ne penserait à lui parce qu'il savait s'y prendre !

— ... Ça veut dire quoi, il savait s'y prendre ?

— Toute la question est là ; c'est pour ça que je t'ai appelé... Je ne sais pas s'il délire ou si c'est vrai... Il était très maître de lui, tout à fait cohérent, cela m'a d'autant plus fichu la trouille !

— Que s'est-il passé avant la gifle ?

— Il est parti se reposer quelques jours à Évian... Il est rentré chamboulé, bien avant la date prévue. Je n'ai rien compris jusqu'au moment où il a reçu une lettre... Enfin, on lui a déposé une lettre dans sa boîte... Comme elle n'était pas timbrée, je n'ai pas pu m'empêcher de l'ouvrir et de la lire... Je ne sais plus si j'ai bien fait. Ça venait d'une certaine Laura... Elle habite Orsay. Je le sais, j'ai mené mon enquête... Elle avait laissé son téléphone sur la lettre, j'ai retrouvé son adresse. J'ai même été là-bas voir la tête qu'elle avait...

— ... T'as fait quoi ?...T'es gonflée !... Et elle est comment ?

— ... Belle, très belle ! Un charme fou, une maison magnifique, et une petite copine qui ne l'est pas moins... Bref !...
— ... Et tu lui as dit : je suis Camille, rendez-moi mon mari !... On est en plein théâtre de boulevard, l'adultère bourgeois et tout le tremblement... C'est toi qui délires Camille !... Mais quelle idée ?... Aller voir la fille chez elle !...
— ... Elle ne savait rien de moi... Je lui ai juste raconté que je croyais sa maison à vendre, qu'une agence me l'avait dit... En partant, je lui ai même laissé une carte de visite...
— ... Une carte de visite, avec ton nom ?...
— Avec nos deux noms, celui de Raphaël et le mien !...
— Et bien sûr tu as tout raconté à Raphaël en rentrant ?... Tu es vraiment ravagée toi... Qu'est-ce que ça peut bien te foutre qu'il s'envoie un peu en l'air ? Tu te gênes peut-être ? Incroyable ! Il a le malheur de faire un écart et toi tu lui sautes à la gorge !... En plus, tu n'en es même pas sûre... Toi, tu passes certains après-midi au chaud et bien accompagnée depuis des mois... Je suis bien placé...
— ... pour le savoir, oui, je sais, mais c'est pas pareil ; lui, je suis certaine qu'il l'aime !... Moi, mes dérives, c'est juste pour le plaisir, je ne fais jamais dans le sentimental...
— Ah bon ! Le grand mot est lâché, Raphaël est amoureux et tu ne le supportes pas !... Ton petit ego en a pris un coup ?...
— ... C'est pas du tout une histoire d'ego... Ça n'a rien à voir avec moi... Je sens qu'elle ne lui veut pas du bien... J'ai l'impression qu'elle va le détruire... Il est beaucoup trop faible et fragile pour supporter une fille comme elle... Je suis certaine qu'elle se fout de lui...
— ... Formidable !... Et comment tu fais, toi, pour tout savoir ?... Elle te l'a dit ? Tu vas chez elle, bonjour

bonsoir, tu lui laisses une carte de visite et tu sais qu'elle veut le détruire !... Mais dis-moi, tu es drôlement perspicace, c'est de la double vue, tu devrais monter un cabinet de voyance, ça pourrait marcher !...
— ... Arrête, c'est pas marrant, je te jure que c'est pas marrant !... Je te dis qu'elle le bousille parce que je le vois, lui, je vois son état ; je vois quand il part des journées entières, que tout le monde l'attend dans le service et que personne ne sait où il est... J'entends les commentaires quand je traîne dans les couloirs et qu'on parle dans mon dos... Je sais Étienne, je sais, je vois !... Et puis, je l'observe quand il daigne rentrer rue Molitor, je l'observe. Il reste des heures sans parler, à siroter du vin blanc et à lire son insupportable *Gazette de l'Hôtel Drouot*... Ça fait quand même vingt ans que je le pratique... Je te dis qu'il n'est pas dans un état normal... Et puis c'est moi qui les range les boîtes d'Advil extrafort ou de Topalgic qu'il laisse derrière lui... Il se bourre d'antalgiques tellement il a mal à la tête depuis des mois !...
— Il n'a jamais fait d'examens ?
— Si... Je l'ai obligé à passer un scanner il y a six mois mais les images n'ont rien montré !
— ... D'accord, mais ce n'est pas pour autant qu'il n'a rien... On ne se bourre pas d'antalgiques sans raison... Il y a sûrement quelque chose et c'est peut-être la raison de son comportement... Peut-être qu'il a des visions, peut-être qu'il croit avoir déjà tué quelqu'un !
— ... Mais enfin tu imagines ?... On ne croit pas avoir tué quelqu'un quand on ne l'a pas fait, c'est...
— ... C'est quoi ?... Ça peut faire partie d'une série d'hallucinations, il peut très bien avoir l'impression d'avoir accompli des actes inventés par son esprit. Certaines formes de schizophrénie sont accompagnées de ce genre de phénomènes... Il peut aussi avoir une tumeur au cerveau susceptible d'entraîner les mêmes troubles. Il voit, il entend certaines choses qui nous

échappent... Je n'en sais rien, je cherche, j'écoute ce que tu me dis et je cherche... Ça fait combien de temps qu'il a mal à la tête, tu as une idée ?...

— ... Oui, même très précise puisque les douleurs ont commencé à la mort de son père... Enfin, c'est ce qu'il affirme... Dix ans, si je me souviens bien... La première fois, c'était à la Pitié-Salpêtrière, pour la levée du corps... Il me l'a raconté, c'était précis... Et depuis, c'est une douleur récurrente, elle semble toujours là... Enfin, d'après ce qu'il veut bien en dire, elle s'en va pendant un certain temps et revient inexorablement ! Il dit s'y être habitué... Moi je veux bien, mais quand je vois ses grimaces à chaque fois qu'elle débarque, j'ai du mal à croire qu'il n'y fait plus attention !... Tu sais qu'il souffre rien qu'en le regardant !

— ... Il faudrait qu'il refasse un scanner, et qu'il passe un peu de temps dans un service de neurologie pour qu'on se penche sur son cas. Ce genre de douleur au long cours accompagnée de ce qui ressemblerait à des hallucinations mérite qu'on s'y attarde... Vous vous parlez depuis la gifle ou c'est la guerre ?

— ... La guerre je ne sais pas, l'indifférence sûrement... Il a fichu le camp aussitôt après, je ne l'ai pas revu... Il doit faire la navette entre un hôtel et l'hôpital... À moins qu'il n'ait revu la dame et qu'il se soit arrangé pour vivre chez elle... Je n'en sais rien, mais au train où ça va, il va avoir des soucis avec l'Assistance publique... Je les vois mal continuer à payer un chef de service fantôme !

— ... Écoute-moi... S'il a une tumeur – là je pousse le bouchon, je caricature –, s'il a une tumeur et qu'il ne la soigne pas, son état ne va faire qu'empirer... Il faut que tu arrives à le persuader d'aller dans un service de neurologie rapidement... Sinon, je doute qu'il soit en état de pratiquer encore longtemps... De toute façon, il ne peut pas passer sa vie à prendre des antidouleurs... Ou alors il est au courant de son état et il a décidé de profiter du temps qui lui reste pour faire n'importe quoi, tomber amoureux, te faire peur, réviser les films des crimes qu'il pense avoir commis... Il n'y a que toi qui puisses tirer ça au clair, Camille. Moi je veux bien tout faire pour l'aider mais il faut qu'il soit là!... Il faut que tu arrives à le convaincre d'aller consulter!... Tu me tiens au courant?

— ... Évidemment... Merci Étienne. Je vais faire de mon mieux, je vais mettre mon amour-propre de côté et, si jamais je le croise, je lui parle de notre conversation et de ce que tu proposes... Je t'embrasse.

Camille avait raccroché. Elle était atterrée.

32

Jamais je n'aurais dû gifler Camille.
J'aurais dû me retenir, juste faire le geste sans la toucher...
Mais je n'ai pas pu.
Je suis pourtant quelqu'un de calme, même Camille pourrait te le dire, Laura, mais je n'ai pas pu. Elle m'a poussé à bout. Elle aurait été au bord de la fenêtre ouverte, je l'aurais balancée et j'aurais juré qu'elle était tombée par accident... Elle croit tout savoir de moi, elle croit surtout que je ne sais rien d'elle. Je l'ai toujours prétendu. On peut me raconter des histoires, je ne vérifie pas, je n'ai jamais vérifié, je fais confiance... Je suis comme ça... Elle a le sentiment que je pourrais croire n'importe quoi. Et elle a raison, Laura. Jusqu'au jour où l'on est venu m'apprendre certaines choses et on m'a donné des précisions.
Corinne Laroche m'aimait beaucoup.
Elle était même un peu amoureuse, et j'en riais. On avait souvent travaillé ensemble. Elle n'appartenait pas au personnel médical à proprement parler, elle faisait plutôt dans l'administratif. Depuis longtemps, elle me posait des questions sur Camille, me demandait si j'étais

heureux. Je la connaissais depuis au moins six ans, on se croisait, on se tutoyait, on s'appréciait.
Elle détestait Camille.
Je n'avais jamais su pourquoi, mais je pensais qu'une ou deux fois, quand elles étaient dans le même service, Camille l'avait prise de haut.
J'ignorais à quel sujet mais, depuis ce temps-là, il ne fallait pas lui parler de celle qui partageait ma vie.
C'était elle qui m'avait raconté pour la chambre de garde. Bien sûr, je l'avais regardée en riant... Camille passer des après-midi avec des hommes !...
Elle n'affirmait d'ailleurs rien, elle disait juste avoir rencontré quelqu'un qui... etc.
Tu connais, Laura, la rumeur, le mot prononcé à un bout de l'hôpital et qui arrive amplifié, déformé dans l'aile opposée.
Peut-être devient certitude ; un simple rhume se transforme en maladie mortelle.
Corinne avait entendu dire... Elle s'était empressée de m'en faire part...
C'était il y a très peu de temps.
Je venais de gifler Camille. J'étais sorti de l'appartement dans un état de rage froide. Tout était hors contrôle. Camille m'avait asséné deux ou trois vérités, je l'avais frappée, j'en avais honte, et je m'étais enfui... Pas très honorable, mais j'avais, jusque-là, suivi un parcours presque sans fautes ; personne n'est à l'abri d'une erreur.
J'avais décidé de m'installer dans un hôtel, près de l'hôpital.
Je savais que si je retournais rue Molitor, il y aurait un drame.
Je ne t'avais pas revue depuis le déjeuner, Laura. On avait dû se parler deux ou trois fois au téléphone, mais je ne me sentais pas capable d'être avec toi comme avant... Je n'avais pas envie de sentir ton regard réprobateur, interrogateur... Et je n'avais pas non plus envie

de croiser ton amie Marie. Pourtant, tu me l'avais garanti : si, pour l'instant, elle se partageait entre chez toi, la maison de son père et son studio, tu n'avais qu'un mot à dire et elle ne viendrait plus à Orsay...

En vérité, je n'avais pas le courage de t'affronter, je n'avais pas plus l'énergie d'être confronté une fois de plus à Camille.

Corinne avait choisi ce moment pour me parler de la rumeur.

Elle n'aurait pas pu en choisir de pire. C'était la goutte pour me faire déborder. J'avais eu beau en rire et dire qu'on pouvait décidément faire croire n'importe quoi, j'avais reçu un coup de tête dans la poitrine.

Depuis déjà quelque temps, je sentais que Camille avait une face cachée et ce que racontait Corinne me confortait dans l'idée que, pendant des années, elle avait dû me prendre pour une bille.

Ma douleur avait repris de plus belle et même le Topalgic n'y faisait rien. Ma vie entière avait défilé, tu sais, comme dans les livres ou les films, au moment où le héros va mourir...

J'ai mesuré l'ampleur du gâchis.

Nous étions assis dans mon bureau, je regardais Corinne qui continuait à me raconter ces bruits de couloir. Je la regardais et je ne l'entendais pas. Je l'aime beaucoup, elle a sa raté sa vocation de colporteuse de ragots. Dans l'état où j'étais, elle aurait pu m'assurer que Camille se tapait tout le staff de son service, je serais resté de marbre...

Il y a des moments, après des périodes de gros stress, où l'on se sent envahi par une grande paix intérieure. On y était !

Et j'ai perdu connaissance.

Je me suis réveillé dans une chambre des urgences. Corinne avait assisté à ma chute. Elle m'avait raconté que j'étais tombé « au ralenti ».

C'est toujours impressionnant de ne se souvenir de rien, toute une partie de soi a disparu, emportée par on ne sait quoi.
J'avais du vide dans la tête, comme du silence mélangé à du vent.
C'était une sensation étrange.
Je flottais, j'avais une perfusion dans un bras, j'étais couché dans un lit, Corinne me regardait, un peu inquiète et elle me disait avoir fait prévenir Camille. Moi, j'aurais voulu qu'on t'appelle toi, mais personne, à part Camille, n'était au courant de ton existence. J'ai failli protester, dire que je ne souhaitais pas la tenir informée, mais je n'avais pas la force d'ouvrir la bouche. Je voulais parler, mais aucun mot ne franchissait le seuil de mes lèvres. J'avais vaguement mal à la tête. Corinne m'a confié que j'étais tombé en me tenant le crâne à deux mains.
Elle avait pris sur elle de le dire à ceux qui me transportaient aux urgences… On m'avait fait des radios du crâne, encore, et mis sous perfusion. Je ne savais pas de quoi, et je m'en fichais.
J'étais sans énergie. La vie couchée valait la peine d'être vécue : plus de soucis, j'étais pris en charge.
Je trouvais ça cool et plaisant.
Je ne m'étais pas reposé à Évian mais, dans cette chambre d'un service d'urgence, je venais de commencer mes vacances. Au moment où j'allais enfin pouvoir articuler un son et demander à te voir, la porte de la chambre s'est entrouverte : la tête de Camille est apparue.
Elle semblait calme, mais j'étais sûr du contraire.
Elle avait dans les mains ce qui ressemblait à une série de petites photos, vraisemblablement des images de scanner. Elle a sèchement demandé à Corinne de sortir et, après son départ, s'est assise à côté du lit. Elle m'a demandé comment je me sentais, j'ai répondu que ça allait. Je me souviens même avoir ajouté que sans elle ça irait encore mieux. Elle n'a pas bronché, elle

savait toujours rester digne. Même mes piques – assez déplacées, il faut bien l'avouer – n'auraient pu la faire se départir de son attitude d'épouse sûre d'elle.

Elle m'a proposé d'aller te chercher. Sur le coup, je suis resté bête. Elle n'a pas pu s'empêcher d'ajouter que tu ne viendrais sûrement pas, que tu avais sûrement des choses plus urgentes en train mais qu'après tout peut-être aurais-tu voulu venir jeter un dernier regard sur celui qui t'aimait tant...

Si j'avais eu assez de forces, je l'aurais giflée encore une fois. Elle pouvait dire ce qu'elle voulait, j'étais incapable de réagir.

Je lui ai répété, en essayant de sourire, que je ne connaissais pas de Laura.

C'est drôle, à ce moment précis, j'y croyais.

Ma vie était devenue si compliquée... Reconnaître ton existence la rendrait encore plus difficile à gérer.

Elle m'a regardé longtemps et, d'une voix très douce, m'a proposé de me rendre la lettre disant qu'elle l'avait juste empruntée. Je lui ai répondu de la garder. Même si la lettre m'était adressée, comme je ne connaissais pas de Laura, je n'avais ni l'envie ni le besoin de la lire.

Elle s'est levée, toujours avec ses petites photos dans la main, a regagné la porte, s'est retournée et m'a lancé qu'elle souhaitait notre séparation... Elle allait se chercher un domicile. Il lui faudrait sûrement quelques jours ou quelques semaines. Si je voulais garder l'appartement, j'étais prié de me mettre en rapport avec un certain notaire pour lui racheter ses parts, soit la moitié de beaucoup d'argent !

Quand Camille a claqué la porte, Corinne est revenue dans la chambre et j'ai éprouvé le besoin de lui parler de notre histoire.

Je te l'ai déjà dit, Laura, je ne suis pas du genre à déballer ma vie privée. Je n'ai jamais ressenti le besoin de me confier, mais là, dans cette chambre d'hôpital, il fallait que je parle.

Je ne savais pas par où commencer.
J'ai débuté par cette envie de partir prendre l'air à Évian.
J'ai parlé plus d'une heure. Je racontais en détails ; mon histoire semblait la réjouir. Elle a même fait un commentaire lapidaire : *Il était temps ! Tu aurais dû y penser depuis longtemps !* Elle pensait que Camille avait toujours profité de moi, qu'elle vivait à mes crochets, et qu'en plus, j'avais privilégié mon travail sans me préoccuper de mon bien-être. Comme elle savait que ma situation personnelle avait un peu évolué, elle s'était permis de me parler des rumeurs, elle ne l'aurait pas fait avant... Elles étaient sûrement fondées, il n'y avait jamais de fumée sans feu, elle aurait préféré se taire, mais maintenant...
Je lui ai demandé de me rendre le service de te téléphoner pour te prévenir.
Elle a accepté.
Elle devait te tenir au courant de mon état, insister sur mon envie de te voir. J'en étais certain : tu allais t'intéresser un peu à mon cas. J'étais décidé à te convaincre de me laisser habiter un moment chez toi. Je n'avais plus la moindre envie de retourner rue Molitor. J'allais vendre cet appartement dans lequel j'avais mis tant d'argent et si peu de chaleur.
Je n'avais aucune idée de l'heure à laquelle il fallait t'appeler.
Corinne devait essayer jusqu'à t'avoir en ligne, toi ou ton répondeur si tu n'avais pas oublié, comme souvent, de le brancher. Dans ce cas, elle devait laisser un message.
Elle a tenté plusieurs fois, sans succès, de s'acquitter de sa mission et puis quelqu'un a décroché.
C'était Marie.
Je le sais aujourd'hui : elle ne t'a jamais prévenue.

33

Camille était rentrée rue Molitor. Raphaël était cloué dans une chambre d'hôpital, leur vie commune était morte. Elle regardait les murs blancs où quelques toiles apportaient des notes de couleur.
Tout lui paraissait sinistre.
En fait, sinistre n'était pas le mot qui convenait.
Elle préférait vain.
Tout était vain, tout était gâchis, un énorme gâchis. Quelle dégringolade. Et cette Corinne, pour couronner le tout. Juste au moment où elle espérait pouvoir se rapprocher un peu de Raphaël, elle trouvait cette femme à son chevet.
Elle ne la supportait pas. Leurs routes s'étaient souvent croisées. Elle était obligée de reconnaître qu'elle était assez belle dans son genre, irréprochable dans son job... Seulement, elle lui tapait sur les nerfs. Elle avait toujours regardé Raphaël avec des yeux enamourés, avec un air qui semblait dire : *Je comprends, il est trop bien pour moi mais si jamais on m'en donne l'occasion, je ne me ferai pas prier !...*
Camille était sidérée par le comportement de Raphaël.

Elle ne comprenait toujours pas comment il pouvait continuer à nier l'évidence... Ou alors, il se sentait si mal d'avoir été pris en faute qu'il n'assumait plus rien. Il se réfugiait dans le déni, répéterait jusqu'à la fin que Laura n'existait pas.

Elle était pourtant prête à aller dans le sens de son discours le soir de la gifle, prête à faire semblant, à donner le change, à rester à ses côtés en essayant d'arranger les choses. Elle s'en sentait capable, et quand elle s'était ruée aux urgences, elle était sur le point de lui pardonner son geste. Ce n'était pas grave, un accident de parcours.

Et puis elle n'avait rien pu lui confier, il avait été désagréable dès la première seconde.

Elle n'avait même pas eu le temps de lui parler du scanner.

C'était pourtant vital.

Ces douleurs effroyables qui lui vrillaient le crâne s'expliquaient parfaitement.

Les images étaient plus définies. Là où, six mois plus tôt, la radio ne montrait rien, une ombre était apparue. C'était encore imprécis, mais si elle se révélait être une tumeur, il fallait se dépêcher d'intervenir, quand c'était encore possible. Il pouvait bien lui raconter avoir déjà tué, il pouvait bien se prendre la tête à deux mains et avaler des masses de calmants, il y avait une bonne raison à ses hallucinations et à ses maux insupportables. La seule solution encore envisageable était vraisemblablement chirurgicale, mais Raphaël devait revenir avec elle rue Molitor, l'écouter, accepter l'évidence et bien vouloir se décider à consulter un neurologue.

On n'en était pas là.

Elle n'était pas spécialiste, mais en ouvrant deux ou trois bouquins et en posant quelques questions, elle avait compris que Raphaël n'était pas condamné à tout prix. Il pouvait s'en sortir sans pépin et peut-être sans

séquelles, il y avait quelques petites chances. Elle avait même trouvé un article relatant l'histoire d'un musicien mondialement connu, Quincy Jones, opéré pour le même genre de pathologie. L'intervention avait réussi et Jones avait été en mesure d'être aussi performant qu'avant, à de petites exceptions près.
Mais le musicien américain avait accepté de se faire soigner.
Elle connaissait assez Raphaël pour le savoir : on n'était pas exactement dans le même cas de figure. En plus, il ne voulait plus avoir affaire avec elle, ce qui compliquait un peu la situation.
Elle regardait autour d'elle et réalisait que tout allait disparaître en fumée, décrochés les tableaux, vidés les placards et les tiroirs.
Bientôt, peut-être, des étrangers vivraient où elle avait tant cru être heureuse. Elle avait du mal à se faire à l'idée.
Sauf si Raphaël décidait de garder l'appartement après son départ. Mais c'était une autre histoire.
Elle en connaissait le prix. Elle avait payé la moitié. Il était hors de question de ne pas récupérer ce qu'elle avait investi.
C'était ridicule d'en arriver là, mais que pouvait-elle faire d'autre ?
Du jour au lendemain se retrouver dans la rue ?
Raphaël avait eu envie de retourner à Évian et tout devait s'écrouler ?
Elle s'était dit qu'elle pourrait aller squatter chez son amie Anne.
Elle était médecin dans le même service que Camille et elles étaient assez proches. Aux dernières nouvelles, elle habitait seule.
Anne avait accepté avec joie de l'accueillir, elle était toujours célibataire. Camille avait rassemblé des affaires, des vêtements qu'elle aimait bien et entassé le tout dans deux grands sacs à roulettes. Elle avait rapidement

constaté qu'à part les tableaux de maître accrochés aux murs de l'entrée, du salon et de la salle à manger, il n'y avait rien dans l'appartement. Les deux cents mètres carrés étaient quasiment vides, excepté bien sûr un grand lit et un bureau dans leur chambre, un autre lit dans une chambre d'amis, et le canapé dans lequel Raphaël adorait lire sa fameuse *Gazette de l'Hôtel Drouot*. Il faisait face à une table basse. Il y avait aussi quelques meubles anciens achetés comme d'habitude dans des ventes aux enchères.

Tout ce qu'elle avait jamais eu envie de posséder tenait dans très peu de place... C'était surtout des livres imposants rapportés de leurs diverses escapades dans les plus beaux musées d'Europe, et quelques petites sculptures placées sur des étagères à droite de l'immense salon.

Vingt ans de sa vie et rien de très remarquable.

Elle était en train de fouiller dans un des tiroirs du bureau de Raphaël quand elle avait senti une clé sous ses doigts.

Elle l'avait sortie. Elle ne savait pas du tout à quoi elle pouvait bien correspondre. Elle la regardait sous toutes les coutures.

C'était une clé ancienne, elle devait être en argent, sculptée, avec quelques dorures qui auraient pu passer pour de l'or.

Elle ne voyait pas pourquoi Raphaël gardait un tel objet au fond d'un tiroir.

Elle l'avait remise à sa place.

Même si elle préparait son départ, ou au moins un repli stratégique, elle avait pris le temps de rappeler les urgences pour avoir des nouvelles de Raphaël. On lui avait passé l'interne de garde. Il lui avait confirmé que le docteur Dolan se remettait doucement. On lui avait donné des doses assez importantes d'antalgiques pour essayer de calmer de violentes douleurs à la tête. Il avait précisé que sa tension dont la chute avait motivé son hospitalisation était en train de remonter à la normale.

Raphaël allait pouvoir sortir rapidement.

34

Depuis le déjeuner chez Prosper, Laura n'a pas revu Raphaël.
Elle lui a parlé deux ou trois fois. Il était à l'hôtel, ou dans son service. Il n'a pas l'air en forme. Elle non plus.
Elle n'a plus envie de le détruire, comme elle s'en vantait il y a quelques semaines.
Elle est passée à autre chose.
Elle a ce type-là dans la peau.
Elle l'a dans la tête, il ne se passe pas un instant sans qu'elle ait envie de le voir et de le toucher. Elle l'a aussi dans le corps, comme si personne avant lui ne l'avait séduite. Elle a du mal à remonter à la surface. Le déjeuner a laissé des traces. Elle avait voulu le voir pour rompre, ou en tout cas pour que deux ou trois vérités soient dites, et elle est rentrée à Orsay avec la certitude délicieuse d'avoir été manipulée.
Elle avoue qu'elle a aimé ça.
Elle s'en est même vantée auprès de Marie.
Elle lui a expliqué : entre Raphaël et elle c'était différent, ça ne ressemblait à rien de ce qu'elle avait pu connaître.

Marie a reçu l'aveu comme une trahison. Elle a vu la situation évoluer, elle a vu Laura traverser crises de larmes et grisailles à n'en plus finir, elle l'a accompagnée sur des routes où elle ne pouvait plus s'aventurer sans que Marie lui tienne la main. Elle a juste eu le temps de tendre les bras les jours où Laura était prête à se laisser tenter par le vide. L'entendre affirmer qu'avec Raphaël c'est différent est au-dessus de ses forces. Marie a tout fait pour que Laura aille mieux, pour qu'elle sourie et pour qu'elles soient heureuses, ensemble.

Elle a le sentiment que tout cet amour, toute cette tendresse ont été dépensés en vain.

Ses révélations lui sont insupportables. Elle le sait : Raphaël n'est pas la bonne personne pour Laura.

Elle s'était juré de tout faire pour lui ouvrir les yeux...

Elle se dit que sans Laura sa vie ne vaut pas la peine d'être vécue.

Elle a décidé il y a déjà longtemps.

Reste à attendre.

Elle va faire le vide autour d'elle.

Laura ne se rendra compte de rien.

Elle est dans sa bulle, persuadée que ce type est important.

Elle se redécouvre, elle réapprend. Depuis leur rencontre, tous ses principes ne tiennent plus debout. Marie déteste ce qu'elle ressent, cette solitude annoncée, ce rejet, cette préférence pour un autre.

Quand la fille a téléphoné pour prévenir Laura du malaise de Raphaël, elle est encore à Orsay, c'est elle qui décroche. Elle écoute, prétend noter les informations au sujet de l'hôpital et du service où se trouve le docteur Dolan. Quand elle raccroche, elle raconte à Laura avoir parlé à son père : il s'étonnait de son silence. Elle est là depuis presque dix jours et il commençait à s'inquiéter. Ils devaient partir ensemble une semaine à Quiberon, elle a préféré rester avec elle. Elle avait complètement oublié de le prévenir. La réponse est crédible. Laura n'insiste pas. Marie voit bien qu'elle ne tient plus en place. Elle a tous les signes de l'amoureuse en manque.

Si Laura s'absente quand Marie est là, elle lui demande toutes les dix minutes si quelqu'un a téléphoné pendant son absence...

Marie s'amuse de son désarroi.

Laura ressemble à une petite fille perdue, et Marie prend un vrai plaisir à lui annoncer les mauvaises nouvelles. Elle veut se rendre indispensable. Dès que Laura cherchera un soutien, elle trouvera Marie. Elle va bien finir par comprendre qu'elle ne peut compter que sur elle. Raphaël n'est pas fiable et il vaudrait mieux avoir le courage de tirer un trait.

Cela peut prendre du temps, cela peut ne jamais marcher, mais Marie va, petit à petit, l'isoler, et quand elle sera coupée du monde, ou presque, elle l'aura pour elle seule et adieu Raphaël.

Elle va recommencer à vivre, mais cette fois elle va être heureuse et rendre Laura heureuse.

Et pour y arriver tous les moyens sont bons.

Marie a réintégré sa chambre depuis longtemps.

Laura n'est plus du tout d'humeur câline... Platonique colle bien à l'amour qu'elles se portent, à moins que copinage ou camaraderie soit mieux approprié. Plusieurs fois Marie a dit à Laura vouloir prendre l'air, sortir. Elle a refusé des invitations à des premières ou à des soirées... Elle a même annulé un dîner important. Quelqu'un lui proposait un stage d'assistante sur un premier film, elle mourait d'envie de le faire, mais devant la mine déprimée de son amie, elle a préféré renoncer. Elle la sent tellement fragile qu'elle a peur de la laisser seule.

Pour la remercier, Laura lui a acheté des toiles et des pinceaux et Marie a recommencé à peindre. La lumière

sous la verrière est exceptionnelle... Même quand le ciel est gris, la lumière est magique.
Cet endroit pourrait être un atelier. Les lignes tracées se sont posées sur la toile sans effort, comme si elles étaient la suite d'une œuvre interrompue par on ne sait quel hasard. Marie a choisi des couleurs un peu sombres, elles ressemblent à son humeur. Elle était tentée par le fusain mais c'est une discipline bien particulière qu'elle est loin de maîtriser. Elle a commencé par peindre des souvenirs, ces souvenirs qu'elle dit ne plus avoir, des images volées dans sa tête, des impressions marquantes...
Laura n'y comprend rien, elle ne cherche d'ailleurs pas.
Elle la regarde faire sans l'interrompre, ébahie par le talent évident de cette fille qui partage depuis peu sa maison et par moments son lit. Elle est déjà tombée sous le charme de la musicienne, la peintre ne la touche pas moins.
Mais Laura s'en veut de lui avoir laissé croire qu'elles pouvaient vivre ensemble.
C'était une erreur.
Marie est une amie proche.
Depuis que Raphaël est là, elle a du mal à s'intéresser à elle autrement.
Marie lui sert souvent de souffre-douleur, elle s'est comportée de façon détestable avec elle.
Elle le sait.
Elle regrette, mais elle a trop d'amour-propre pour lui faire des excuses.
Elle a toujours tendance à se croire supérieure, la grande sœur protégeant la petite même si pour l'instant c'est l'inverse.
Elle aimerait bien lui faire comprendre qu'elle ne l'aime pas.
Elle l'aime bien mais Raphaël l'obsède.
Et puis, quand elle la voit si attentionnée, elle renonce.

35

Je suis resté cinq jours à l'hôpital. On m'avait ausculté, palpé, scruté sous toutes les coutures. Le lit était étroit et j'avais eu l'impression de ne pas bien dormir mais je m'étais quand même reposé. Les médecins n'avaient rien trouvé de spécial, aucune révélation. Ma tête allait mieux, pas ou peu de douleurs depuis mon admission, à croire que le responsable de mon mal au crâne, c'était mon quotidien. J'avais le sentiment d'avoir mis ma vie entre parenthèses. Et, d'un coup, une autre réalité montrait son visage. J'allais devoir faire face, affronter Camille et une séparation et, surtout, essayer de trouver comment rembourser une astronomique somme d'argent pour rester chez moi !

Si j'avais été moins bête, si j'avais réfléchi une seconde, j'aurais pu me dire que rien n'était irrémédiable. Camille n'avait pas plus que moi envie de quitter la rue Molitor, elle devait espérer me voir revenir à une réflexion plus censée... Mais quand je repensais aux allusions de Corinne, je n'avais plus envie de faire d'efforts.

Je n'avais pas eu de tes nouvelles, Laura.

Corinne m'avait pourtant assuré avoir appelé chez toi et transmis mon message.

Je ne savais pas que le relais s'était arrêté en cours de route : un des messagers avait décidé de se mettre en grève. Mes options étaient de plus en plus réduites, pour ne pas dire inexistantes. Ou je me raisonnais, je prenais le temps d'être intelligent, j'admettais les arguments de Camille et j'essayais de revenir à la case avant Évian, ou je continuais un chemin inconnu menant à une situation radicale, la solitude et un compte en banque dégarni. J'ignorais si je serais capable de le supporter longtemps.

J'avais pris un taxi jusqu'à l'appartement.

Tout était comme avant.

À une ou deux exceptions près.

Camille avait vidé ses placards.

Elle n'avait pas fait le détail. Elle avait emporté toutes ses affaires, même les livres rares qu'elle avait achetés pendant nos vadrouilles européennes.

J'ignorais qui avait pu l'aider mais elle n'avait pas pu faire ça toute seule.

En retournant dans le salon, j'avais constaté que rien ne manquait, les tableaux étaient bien à leur place. Tout était en ordre hormis mon vieux coffre qui, lui, était grand ouvert. Elle avait trouvé la clé dans mon tiroir.

Je ne cachais rien, Laura, ma vie était claire et limpide.

Malgré tout, j'aimais mieux laisser quelques zones dans l'ombre.

Le coffre avait servi à empiler quelques souvenirs épars, des bouts de moi à ne partager avec personne. Camille le savait depuis longtemps : ce qu'il contenait ne la regardait pas. Nous étions d'accord.

Certaines zones de nos parcours resteraient floues.

Peut-être qu'elle aussi conservait des secrets... Mais tu le sais, Laura, je ne posais jamais de questions. Alors si Camille souhaitait garder pour elle certaines phases de sa vie !...

C'est en voyant le coffre ouvert que ma douleur a réapparu.

Ou, plutôt, que je me suis rendu compte qu'elle ne m'avait jamais quitté.
Et l'envie de tuer Camille m'est revenue.
Elle avait violé sa promesse de respecter certains de mes secrets. Je ne pouvais pas faire semblant de l'ignorer, je ne pouvais pas tourner la tête de l'autre côté et prétendre ne pas le savoir...
Je ne pouvais pas, Laura.
J'ai su dès le premier jour que je la tuerais.
Jusque-là, j'avais eu envie mais pas de vraie raison.
Cette fois-ci, j'avais un prétexte.
Il fallait d'abord la retrouver, lui demander de pardonner, de passer à autre chose.
Elle pourrait dire oui.
J'étais assez loin de la vérité.
Je te l'ai déjà dit, Laura, je n'avais jamais été confronté à une situation de ce genre et ce que j'imaginais comme dénouement n'aurait rien à voir avec l'épilogue, tu le sais aussi bien que moi...
Peut-être pas après tout...
Tu étais dans ta campagne, tu croyais ton univers palpable...
Tu ne te doutais de rien.
Marie savait sûrement les mots, et aussi les gestes, ceux qui apaisent et ceux qui rassurent... Tu devais te dire qu'une fois de plus j'avais décidé de rester muré dans mon silence. Tu n'avais pas essayé de rappeler mon service, on m'en aurait fait part, et tu ne m'aurais jamais téléphoné chez moi.
Tu devais penser que, après tout, le déjeuner chez Prosper avait été fatal : je t'imaginais amoureuse de Marie ; continuer à nous voir ou à nous parler dans ces conditions ne valait pas la peine.
J'avais cessé mes allées et venues entre cet hôtel où j'habitais avant mon malaise et l'hôpital. J'avais réintégré mon service et, pendant deux mois, j'ai travaillé, j'ai rattrapé le temps perdu, parcouru des dossiers en retard

de malades, essayé de faire preuve de mon prétendu sens du diagnostic.

J'étais sans Camille, j'étais sans toi, mais je faisais semblant, ma vie était le plus normal et le plus équilibré possible.

Quand Camille est venue me voir sans prévenir, quand elle a poussé la porte de mon bureau sans s'être annoncée, j'avoue : j'en ai été heureux.

Tu sais, Laura, quand les événements et les gens vous échappent, la moindre main tendue est la bienvenue.

Elle avait peut-être décidé de faire le premier pas, de revenir un peu en arrière au cas où un reste de nous serait encore vivant.

Elle était belle ce jour-là. Elle savait comment faire et elle a su quoi dire.

Je l'ai écoutée.

Elle m'a demandé, entre autres, comment j'allais, si j'avais réfléchi à la situation.

J'ai répondu que je travaillais de nouveau beaucoup, que je n'avais pas encore pensé à l'avenir.

Elle m'a proposé que nous dînions ensemble un soir de mon choix.

Après, peut-être aurions-nous une idée.

J'avais accepté en lui disant que m'aérer un peu me ferait beaucoup de bien.

Et finalement nous sommes partis prendre l'air tout un week-end.

La Normandie est toujours une bonne destination, surtout hors saison.

À une heure et demie de Paris, on est au bord de la mer, et aussi au bord de l'air et moi j'avais besoin d'oxygène et d'embruns, de fruits de mer et de muscadet.

Camille avait réservé une chambre à l'hôtel Royal.

Elle y avait séjourné plusieurs fois sans moi. Je ne connaissais pas Deauville. Plusieurs fois, j'avais été tenté mais j'avais toujours renoncé, préférant des voyages plus exotiques, plus lointains. Deauville semblait trop proche, trop commun.

Je le répète, Laura, nous étions attirés par ce qui brille. Deauville ne brillait pas assez pour nous, pas assez de kilomètres, pas assez de soleil, peut-être trop d'argent voyant... Nous préférions l'argent discret : il existe mais ne se montre pas.

Et pour nous, en ce temps-là, Deauville n'entrait pas dans la bonne catégorie.

Je n'avais plus envie de tuer Camille.

Ma haine s'était émoussée.

Je m'étais dit qu'après tout, pourquoi risquer un reste de carrière, une retraite confortable, pourquoi risquer une réputation à cause d'une perte de contrôle.

Le ballon s'était dégonflé, je naviguais dans des eaux bien plus calmes.

Mes douleurs s'étaient tassées, ou alors j'y pensais moins ou les antalgiques recommençaient à faire de l'effet, toujours est-il que j'avais beaucoup moins mal au crâne.

Nous avons dîné Aux Vapeurs à Trouville. Là aussi, Camille connaissait. Elle était venue plusieurs fois avec sa sœur.

Je devais être à l'autre bout du monde : je n'ai pas le souvenir de voyages de Camille à Deauville, encore moins à Trouville. Mais avec ce qui se passait dans ma tête, je me serais bien gardé de tirer des conclusions.

Je revoyais souvent des images sordides de meurtres que j'avais peut-être commis... Pourquoi ne pas imaginer des pertes de mémoire aussi importantes et plusieurs zones d'ombre dans mes souvenirs.

Camille avait choisi de ne prendre qu'une chambre.

Elle m'a fait passer une nuit comme jamais.

Même toi, Laura, tu n'aurais peut-être pas su.

36

Camille avait squatté chez Anne. Elle avait mis quelques affaires dans un garde-meuble, elle ne pouvait pas débarquer avec toute sa vie dans des sacs. Ce qui devait durer très peu de temps s'était prolongé.
Pendant ce temps, elle cherchait un appartement. Elle avait fini par trouver un endroit agréable dans le XVe, en face d'une jolie petite place avec une église.
Ce n'était pas très grand mais largement suffisant pour une personne seule. Elle avait un peu d'argent et n'avait pas eu de mal à convaincre l'agence de sa solvabilité. En outre, elle était médecin, plutôt bien payée, ce qui lui assurait des fins de mois sans gros souci.
Mais elle avait eu du mal à appréhender la solitude : elle ne connaissait pas.
Même si Raphaël ne parlait pas beaucoup, rue Molitor, il était là. Quand elle rentrait le soir, il y avait une présence. Dans son nouvel appartement, il n'y avait que le silence en réponse à un éventuel bonjour. Et toute la différence était là. Entre un mari ou un amant discret et la vraie solitude, celle qui creuse et désespère, il y a un abîme.

Camille commençait à se demander combien de temps elle pourrait tenir ainsi. Elle savait qu'elle pouvait résilier son bail et perdre son dépôt de garantie si jamais l'envie de tout laisser tomber la prenait.

Elle espérait être assez forte pour rester le plus longtemps possible. Dans le même temps, il était important de renouer avec Raphaël pour essayer de le sauver. Ce qui poussait dans son cerveau n'était pas du vent. Sur les photos du scanner, c'étaient les prémices d'une tumeur. S'il n'avait plus mal à la tête, elle en était certaine, il ne referait pas d'examens. Elle le connaissait assez pour le savoir peu enclin à chercher à savoir.

Ce n'était pas d'avoir à le prévenir qui la perturbait mais de le voir disparaître sans avoir fait le moindre effort pour enrayer le processus.

Elle allait lui dire.

Elle se jetterait à l'eau, malgré l'humiliation et le rejet, elle ferait le premier pas pour peut-être le sauver et reconstruire.

Elle en était sûre : ça valait la peine, même si tout semblait lui prouver le contraire. Elle était assez déterminée pour prendre le risque d'un nouvel échec. Elle avait quelques atouts : Raphaël ne l'attendait plus, elle avait réussi à semer le trouble entre lui et Laura, et même s'il n'avait toujours pas avoué la connaître, il y avait eu échange de mots et mise au point, elle en était persuadée. C'était à coup sûr ce qui avait entraîné son malaise et son hospitalisation.

Elle avait pris du recul. Elle avait été capable de relativiser. Elle avait aussi mis un terme à sa relation bancale avec Gilles.

Là encore, il y avait eu explications, questions posées, réponses maladroites, mais pas de pleurs et pas de vraie tristesse. Pas de déchirement. Il n'y avait pas d'amour entre eux, plutôt une envie de se faire du bien, de s'abandonner... Mais elle le savait depuis longtemps : les choses redeviendraient normales dans sa vie si elle avait la volonté de s'imposer une discipline, de résister à ses pulsions. Raphaël tomberait de haut s'il apprenait la vérité, si cette face si bien cachée venait à la lumière. Mais Gilles avait reconnu qu'à part le plaisir qu'ils éprouvaient rien ne pouvait justifier leur relation. Gilles aimait beaucoup Raphaël et il avait souvent eu envie de l'éviter tant il se sentait honteux. D'un autre côté, il savait très bien qu'il n'avait plus touché Camille depuis des années... Ceci pouvait excuser cela.

Camille et Gilles avaient quand même réussi à se quitter bons amis.

Camille ne changerait pas d'avis. Gilles la connaissait assez pour le savoir... Quand elle prenait une décision après y avoir mûrement réfléchi, elle ne revenait pas en arrière. Gilles pensait aussi que Camille et Raphaël devaient se retrouver.

Camille avait emménagé dans son nouvel appartement.

Si elle trouvait la rue Molitor vide et triste, quand elle contemplait sa nouvelle cage, elle comprenait l'avantage de la petitesse de l'endroit. Il suffisait de placer judicieusement deux ou trois meubles pour avoir aussitôt une impression de bien-être. C'était plus petit mais tellement plus chaud et plus accueillant que la clinique de la rue Molitor.

Elle avait toujours surnommé leur appartement la clinique tant il était propre, incolore, inodore.

La salle de bains principale était éclatante de blancheur, on avait le sentiment d'une salle d'opération éclairée par la lueur impitoyable d'un Scialytique. Un cheveu ou un poil attirait l'œil immédiatement...

La lumière interdisait toute intimité ; aucune chaleur, aucune douceur n'émanait de ce lieu de vie.

Pourtant, elle ne comptait pas rester longtemps loin de la rue Molitor. Elle et Raphaël allaient forcément finir par faire la paix. Leur guerre ne menait nulle part. Elle ne s'imaginait pas finir devant les tribunaux pour obliger son ex à lui donner une pension alimentaire ou à lui rembourser la moitié de l'appartement. Elle ferait tout pour qu'ils n'en arrivent pas là, elle prendrait sur elle, elle ferait des efforts, elle renoncerait peut-être à certaines facettes de sa vie, mais elle ne laisserait pas leur histoire s'enfoncer dans le glauque, ressembler à un parcours minable. Elle ne savait pas encore comment elle ferait pour recoller les pots cassés et même retrouver les bouts qui manquaient mais, au nom de tout ce temps passé, elle n'avait pas la moindre intention de laisser Laura lui voler Raphaël.

Elle n'avait pas envie non plus qu'une maladie le mette à genoux.

Là encore, Camille était décidée à se battre. La médecine et peut-être la chance l'aideraient à le remettre sur pied.

Elle avait vu les images du scanner : rien ne serait simple, mais elle n'avait pas l'intention de renoncer avant de commencer.

37

— J'aimerais juste savoir ce qu'il devient... On a déjeuné, on a parlé, on s'est avoué avoir un peu menti, mais ça ne voulait pas dire qu'il fallait en rester là... C'est absurde, il n'a jamais été question de tirer un trait !
Laura pense à haute voix, comme si elle était seule dans cette cuisine où Marie la regarde sans comprendre. Laura ne la voit pas, ne la voit plus. Elle a eu beau vouloir être indispensable, elle n'est même pas une ombre, Laura ne sait plus qu'elle est là. Ce n'est même pas qu'elle s'en fiche, Marie est transparente, elle n'a plus la moindre envie, le moindre besoin de lui parler.
Raphaël n'avait rien promis, c'est vrai, mais ils s'étaient séparés avec le sourire et elle n'aurait jamais pensé qu'après viendraient le silence, le *black-out*.
Et cette pauvre fille qui lui colle aux basques... Si elle savait !
Elle a juste pitié, c'est ça, elle a pitié d'elle...
Marie n'a aucun amour-propre. À sa place, Laura serait partie depuis longtemps, mais elle doit encore espérer...
— Tu as le droit de ne pas m'éviter quand tu parles... Je ne suis pas tout à fait un mur... Oui, je sais,

je te gonfle, tu penses à ton Raphaël et je suis dans tes pattes... J'ai compris, mais quand je vois la tête que tu fais, ce que tu ne manges pas, pour ne pas parler de ce que tu ne dors pas, j'aime mieux être dans les parages ! Maintenant, si tu veux appeler les flics pour me foutre dehors, libre à toi... Mais, pour l'instant, je reste ! Je suis ton amie, enfin il me semble que j'étais même un peu plus que ça... Depuis des semaines tu te traînes une tronche de déterrée alors que tu as tout pour être heureuse, ou presque... Donc quelque chose cloche, et je préfère être là au cas où !

Laura ne relève pas. Elle est assise en boule dans un des canapés qui font face au jardin. Les mégots s'amoncellent dans un cendrier marocain rapporté d'un séjour impromptu à La Mamounia, à Marrakech.

Elle repense au voyage... Le fameux compositeur avec lequel elle avait écrit des chansons l'avait invitée là-bas.

C'était le bon temps ! Elle les menait par le bout du nez, se vendait au plus offrant... À vrai dire, non. Elle acceptait d'être courtisée et qu'on lui offre des cadeaux, ou des voyages, ou les deux...

Elle ne se vendait pas, quelle drôle d'idée !...

Elle savait simplement dire oui sous conditions... Ce n'était pas la même chose, cela n'avait même rien à voir !

Elle, une traînée ? Mais non, juste une fille un peu différente... Contrairement à ses consœurs, elle avait décidé de ne pas rendre les armes trop tôt, planifiant son parcours comme d'autres planifiaient des carrières... Elle n'avait jamais eu de carrière, alors elle avait essayé d'avoir le reste, la vie, le plaisir, et un peu d'argent de temps en temps.

Elle prend le cendrier dans la main, se souvient par cœur du séjour au Maroc...

C'était juste après le Brésil, juste après avoir gâché les vacances du petit Mozart.

Elle avait fait la difficile, prétendu avoir déjà été au Brésil dans une autre vie... Tout ça n'avait plus aucun intérêt pour elle !

Il était tombé de haut, le pauvre ! Il s'était tellement imaginé être le premier à l'emmener à Rio... Et, pour le faire râler encore plus, elle lui avait confié avoir fait le voyage précédent en Concorde !... Il n'avait pas su quoi répondre, l'argument était imparable. Air France avait supprimé la ligne. Même un siège en première sur la Varig n'arrivait pas à la cheville du Concorde.

Laura ferme les yeux, repose le cendrier, se dit qu'à l'époque elle était vraiment une petite conne.

Quand elle relève les paupières, Marie n'est plus là. Elle ne la cherche pas.

Parfois sa présence l'a empêchée de sombrer, elle reconnaît. Elle s'est accrochée à elle comme à une bouée... Oui, Marie était là, et Laura allait mieux...

— Je ne vais pas partir Laura, je te le dis, je reste jusqu'à ce que tes yeux retrouvent leur éclat, leur petite flamme, le truc qui d'après toi les fait se rouler à tes pieds... Je parle des hommes, bien sûr...

Marie est revenue dans la pièce, elle fait les cent pas devant le canapé de Laura. Elle est de plus en plus véhémente, voudrait voir son amie sortir de sa torpeur, se remettre à respirer... Laura doit se reprendre en main.

Elle est pourtant sur le point de lâcher prise... Elle n'est pas de taille... Elle aimerait simplement que Laura aille mieux... Elle ne pardonne pas à Raphaël de lui avoir fait du mal. Même si son amour pour Laura est sans retour, la voir souffrir la ronge, la détruit.

— ... Tu veux que je t'avoue quelque chose qui te fera aller mieux ? Il ne t'a pas oubliée ton psychiatre, il a même fait appeler quelqu'un pour te prévenir qu'il était à l'hôpital !... Il y a bien deux mois maintenant... Oui, je sais. Je ne t'ai rien dit, je ne voulais pas que tu t'inquiètes...

Dans le silence qui suit, Laura la regarde sans comprendre.

Avec peine, elle articule :

— Tu es vraiment une saloperie, une pourriture ! Raphaël est malade et toi tu décides de ne pas me prévenir ! Mais de quel droit ?...

Laura vient de se lever d'un bond et pousse Marie contre le mur... Elle la gifle deux fois. Marie se retrouve par terre, se frotte les joues, regarde Laura avec un petit sourire.

— C'était assez grave... Il est peut-être mort depuis !

38

Quand elle avait décidé d'aller voir Raphaël sans être annoncée, Camille avait planifié sa visite. Si reconquête il devait y avoir, elle s'organiserait au fur et à mesure, mais il fallait le prendre au dépourvu. Elle avait laissé passer un peu de temps. Les passions allaient retomber, les réflexions reprendre des valeurs positives. Réagir à chaud entraînait des erreurs…
Elle supportait mal la solitude, il devait en être de même pour lui.
Elle le savait. Si elle réapparaissait dans sa vie au bon moment, elle avait une chance.
S'ils devaient se retrouver dans un lit, elle n'hésiterait pas.
Elle se savait prête à tout.
Un jour il lui avait plu, elle n'aurait aucun mal à faire semblant. Une fille comme Laura ne devait pas se contenter de regarder les hommes dans le blanc des yeux… Raphaël se devait d'être à la hauteur.
Elle aussi !
Camille était même émoustillée à l'idée de ces éventuelles retrouvailles.
La surprise avait été à la mesure de ce qu'elle espérait.

Raphaël l'avait accueillie avec un grand sourire. Il avait mauvaise mine, le teint pâle, et les cernes sous ses yeux témoignaient de son manque de sommeil, mais il avait semblé heureux de la revoir. Il l'avait serrée dans ses bras, lui avait proposé un café, et ils avaient commencé à discuter dans un coin de son bureau, elle dans un gros fauteuil club qu'il adorait, lui assis sur une simple chaise déplacée de derrière sa table.

Elle lui avait posé des questions sur sa santé, sur ses maux de tête, ne lui avait pas encore parlé des images du scanner.

Elle attendait qu'ils soient ailleurs.

Elle voulait d'abord qu'ils se réconcilient.

Elle lui avait confié qu'il lui manquait, que leur vie lui manquait.

Il avait répondu que c'était la même chose pour lui.

Elle lui avait proposé de dîner ensemble, s'il en avait envie.

Il avait accepté rapidement, précisant que ce serait une bonne chose pour lui de s'aérer.

Elle avait pris sur elle d'organiser un week-end à Deauville.

Il ne connaissait pas, ils n'y étaient en tout cas jamais allés ensemble. Elle, elle connaissait bien. Elle avait prétendu s'y être rendue plusieurs fois avec sa sœur, encore sa sœur... Elle avait bon dos, sa sœur, l'alibi idéal.

Il l'avait crue ou fait semblant.

En vérité, elle avait accompagné plusieurs fois Gilles en Normandie, profitant de moments où Raphaël était en voyage. Elle ne restait jamais longtemps, mais l'endroit l'avait séduite, ou était-ce les fins de semaine passés sous les draps des hôtels de luxe...

Elle avait réservé une chambre à l'hôtel Royal, vue sur la mer et bar feutré, boiseries et feux de cheminée,

alcool vieilli et volutes de cigares... Raphaël avait aimé, comme il avait apprécié la suite...
Elle pouvait l'affirmer, ils s'étaient retrouvés.
La première nuit l'avait laissé entendre, la seconde serait encore plus inattendue. Dix ans à s'éviter et, tout d'un coup, la révélation. Ils avaient perdu un temps fou, étaient passés à côté de plaisirs simples, persuadés l'un et l'autre de ne plus être capables de se faire du bien dans un lit...
C'était une erreur majeure.
Raphaël était stupéfait.
Camille n'était plus la femme de ses souvenirs. L'amitié entre eux avait déposé un voile sur leur relation. Au quotidien, il la regardait comme une amie et une confidente... Jamais il ne l'aurait crue capable de se laisser aller à ce point...
Il l'avait pensée peu concernée par le sexe, c'était le contraire !
Laura était quelque part, enfouie dans les souvenirs de Raphaël. Elle avait laissé des traces de son passage, mais, pour l'instant, c'était Camille que Raphaël serrait dans ses bras, et elle fermait les yeux en savourant sa victoire : elle avait repris la main.
En un week-end, elle avait remporté la première manche.
Elle allait aussi lui annoncer les mauvaises nouvelles, confronter Raphaël avec la réalité.
Il ne s'était pas plaint de maux de tête pendant les deux jours passés en Normandie, on aurait pu croire à une accalmie. Mais Camille le savait, l'évolution de ce genre de maladie était lente mais inexorable. Il fallait être assez persuasive pour que Raphaël le comprenne : consulter un neurologue devenait une priorité. Douleurs ou pas, ce qu'elle avait vu sur les images du scanner n'allait pas se résorber tout seul.
À la suite du week-end, chacun était rentré chez soi, mais les perspectives avaient changé.

Raphaël en avait parlé le premier.
Il lui avait demandé si elle comptait rester dans son nouvel appartement ou revenir rue Molitor, au moins pour essayer...
Elle avait préféré ne pas répondre tout de suite. La solitude avait quand même du bon. Même si elle avait eu du mal au début, elle avait fini par y trouver des attraits. Elle ne voulait pas faire machine arrière trop vite. Raphaël aurait eu le sentiment d'avoir assez de charme et de pouvoir.
Si elle retournait vivre avec lui, elle le déciderait, elle. Ce ne serait pas à sa demande. Après tout, elle avait l'avantage : il ne savait rien de ses frasques, et elle le soupçonnait d'avoir une aventure...
Elle préférait que Raphaël s'imaginât être le seul responsable du chaos de leur vie. Tant qu'il ne saurait rien de ses écarts, elle était en mesure d'imposer certaines règles.
C'était ce qu'elle voulait.
Trois jours après leur retour de Deauville, ils avaient de nouveau passé la soirée ensemble. En rentrant chez elle après avoir dîné, elle avait pris la décision de lui parler des radios. Il était en train de découvrir le nouvel appartement de Camille quand elle lui avait demandé de s'asseoir. Elle avait quelque chose d'important à lui dire. Du tiroir d'une petite commode elle avait tiré l'enveloppe avec les images du scanner passé au moment de son hospitalisation. Elle les avait récupérées aux urgences et les avait gardées.
Elle lui avait montré. Il n'avait pas eu besoin d'explications.
Il avait blêmi et lui avait demandé pourquoi elle n'avait rien dit avant. Elle lui avait répondu qu'elle avait voulu lui en parler à l'hôpital le jour où Corinne était à son chevet, le jour où il avait été si aimable. Vu son accueil, elle avait préféré battre en retraite et attendre un autre moment.

Elle savait qu'elle avait perdu un temps fou... Il aurait pu consulter un spécialiste bien avant mais la façon dont ils s'étaient quittés lui avait ôté l'envie de lui parler. Elle avait quand même reconnu s'être comportée de façon étrange.

Elle aurait dû passer outre leurs désaccords et l'alerter.

Raphaël l'avait rassurée, disant que les douleurs étaient redevenues supportables, parfois il les avait même oubliées comme si elles n'avaient jamais existé.

Camille l'avait regardé, longuement.

Il avait un petit sourire, un air presque résigné ou, en tout cas, proche du détachement... Il ne donnait pas l'impression d'être vraiment touché par ce qu'elle venait de lui apprendre.

Elle ne lui avait pas encore parlé du coffre.

39

J'étais assis sur son canapé, dans son nouvel appartement, et là elle me l'a annoncé : le scanner montrait ce qui ressemblait à une tumeur au cerveau. J'étais face à elle. Je m'étais de nouveau senti bien à ses côtés comme jamais depuis tant d'années et elle me balance les photos de mon crâne avec l'ombre d'un truc m'en bouffant l'intérieur.

Je m'étais fait à l'idée, Laura. Tu avais choisi de vivre avec Marie ou, en tout cas, sans moi et c'est vrai, je reconnais, je pensais moins à toi depuis quelques semaines. Mais là, tout d'un coup, dans ce petit trois-pièces, face à une femme que j'avais beaucoup aimée et vers qui mes yeux et mon corps se tournaient de nouveau, j'ai pensé à toi. J'ai eu envie de courir me réfugier dans tes bras, peut-être pour y pleurer.

D'un coup, j'ai regardé Camille comme une inconnue, une fille chargée de me prévenir...

Je l'ai dévisagée sans la voir. Elle n'était même pas translucide, elle n'existait plus. Elle appartenait à un monde d'avant. Je la sentais m'échapper distinctement, comme du sable qui glisse entre les doigts...

Je ne pouvais rien lui reprocher, elle voulait me sauver, me préserver.

J'ai eu, à cet instant précis, la certitude d'un vrai chaos.

Ce qui restait de mon existence devrait être à la hauteur de mes rêves les plus insensés, rien ne devrait m'arrêter, tout était dérisoire en comparaison.

Camille me regardait sans comprendre, peut-être persuadée de m'avoir anéanti par son aveu. Ma mort annoncée m'avait transformé en statue. Je lui en voulais d'avoir été la messagère.

Elle ne pouvait pas deviner : plus rien n'avait d'importance à part te revoir, te dire, te raconter...

Elle pouvait bien avoir ouvert tous les coffres du monde et mis la main sur des pans cachés de ma vie, je m'en fichais.

Son amour, sa tendresse, je n'en voulais plus. Je ne voulais plus rien d'elle. Je m'étais cru à l'abri, dans mon existence sans surprises, où tout était sous contrôle, avec un planning et un parcours facile à déchiffrer et à suivre. Je m'étais raconté des belles histoires, et elle y avait souvent tenu le premier rôle, mais Laura, je t'assure, à cet instant précis, c'est à toi que je voulais parler.

Dans ma tête tu étais la seule capable de me comprendre et de m'aider.

J'ai continué à écouter Camille.

Je l'ai laissée s'enliser, essayer de me prodiguer ses conseils.

Une heure avant, nous dînions en nouveaux amoureux ou en jeunes amants dans un petit restaurant à côté de chez elle et, quelques jours en arrière je lui avais posé des questions sur son éventuel retour rue Molitor...

Tout cela me semblait si loin, si dérisoire, si peu intéressant par rapport à mon sursis de vie, par rapport à toi.

Je m'étais fait à l'idée de t'oublier, de te ranger dans les archives qui encombraient ma tête, et en une

seconde, en une phrase, les priorités et les envies avaient changé.
Tout avait basculé.
Je le savais très bien : tu ne m'attendais plus... L'avais-tu jamais fait ?
Mais j'allais passer outre, braver tous tes refus ou tous tes oublis, faire seul ce chemin vers toi... C'était la seule chose en mon pouvoir...
Tu ne voulais plus rien savoir de moi, tu étais heureuse dans ta vie ? Très bien !
Tu allais me le dire en face, j'avais encore assez de force pour supporter de l'entendre...
Je voulais l'apprendre de ta bouche, le lire dans tes yeux.
Tu allais me le jurer, tu ne m'aimais pas, ou tu ne m'aimais plus...
Je ne te demanderais rien d'autre, Laura.
Je voulais juste te revoir, essayer de te faire comprendre, t'expliquer.
Tu n'avais pas donné signe de vie depuis le coup de téléphone de Corinne te prévenant pour l'hôpital.
J'étais entré dans la rubrique histoires anciennes...
J'étais prêt à l'accepter. J'étais prêt à tout accepter venant de toi mais j'avais une seule envie, t'entendre me le dire en face.
Camille était restée silencieuse. Son aveu avait installé un mur entre nous.
J'avais trouvé son nouvel appartement très agréable, minuscule mais proche d'une bonbonnière, un endroit où je m'étais senti bien.
C'était il y a dix mille ans... juste cinq minutes !
Je n'avais plus aucune notion de rien. Je regardais autour de moi sans rien voir, sans pouvoir dire un mot. Je croisais le regard de Camille. Je devais sourire un peu, comme si tout ce qu'elle m'avait raconté en sortant les clichés de mon cerveau s'adressait à quelqu'un d'autre, comme si je ne pouvais pas me sentir

concerné, comme si ce genre de chose ne pouvait pas m'arriver.

Et puis elle a fini par rompre le silence, par me poser des questions sur ce qu'elle avait trouvé en fouillant dans mon coffre.

Elle n'avait pu y dénicher que quelques bouquins que je n'avais pas voulu mettre sur les étagères, des dossiers que j'avais eu la flemme de ranger ailleurs, mes requêtes de soutien auprès de personnes influentes, histoire d'avancer dans ma carrière, mes différentes demandes de médailles, de décorations, désirs divers d'honneurs dont je rêvais depuis toujours.

En l'écoutant énumérer ce qu'elle avait trouvé dans le meuble, et me poser des questions à ce sujet, je ne pouvais m'empêcher encore une fois de sourire devant le ridicule de ma vie...

Comment avais-je pu être aussi imbu de ma personne ?

À quoi bon ?...

Elle me posait des questions. Elle voulait comprendre, elle voulait savoir avec qui elle avait passé une grande partie de son existence. Pendant des années, elle avait vécu près de moi sans imaginer à quel point je pouvais être obsédé par les apparences. Elle en avait une vague idée, m'avait vu faire mais n'avait jamais compris combien j'étais mal dans ma tête. Comment pouvait-on être si persuadé de l'importance du paraître. Elle était au courant de mon talent médical, de la justesse, souvent, de mes commentaires et de mon avis sur les malades. Elle ne comprenait pas pourquoi ce n'était jamais suffisant à mes yeux. Elle m'avait découvert encore plus perturbé que ce qu'elle croyait. Elle avait suivi de près mon parcours, m'avait cru concerné par mon travail et, par moments, un peu obnubilé par un certain luxe, jamais elle n'aurait pu imaginer que pour briller j'avais été jusqu'à supplier... Ces rubans rouges ou bleus qu'on prend plaisir à afficher à sa boutonnière m'avaient obsédé, au point même, par moments, de guider ma vie...

Elle trouvait ce comportement lamentable, et même si elle avait ressenti un vrai bonheur à me retrouver ces derniers jours, elle tenait quand même à me le dire : elle avait honte !

Elle parlait, parlait. Je n'étais même plus révolté... Elle s'était permis de fouiller dans mon coffre ? Et après... À vrai dire, je m'en foutais éperdument. Elle pouvait bien en apprendre sur moi en épluchant mes papiers personnels, elle pouvait bien passer outre les règles établies entre nous, rien n'avait plus d'importance.

Quand j'avais trouvé le coffre ouvert, j'aurais été capable de la tuer, j'avais trouvé son attitude insupportable, mais maintenant j'avais tiré un trait, je m'étais mis dans la marge.

Je l'écoutais et intérieurement je riais... Il y avait deux ou trois autres choses dans le coffre... que j'avais enlevées des semaines auparavant.

Elle répétait que j'avais été lamentable, nul de ne pas lui faire assez confiance pour lui en parler. Elle avait tout partagé de cette vie avec moi... Lui demander conseil ou lui raconter mes différentes démarches aurait été normal.

Je crois bien lui avoir répondu oui... J'avais été nul, j'aurais pu lui en parler et, les années passant, je n'y avais plus songé.

À vrai dire, si elle avait été honnête, elle l'aurait reconnu : elle s'était faite aux honneurs, aux remises de distinctions et même aux décorations, et tant pis si elle n'avait pas tout suivi...

Me revenait en mémoire cette fête organisée rue Molitor pour une remise de médaille par mes pairs, des membres influents de l'Académie de médecine. Camille s'était fait un plaisir de tout organiser, de préparer une liste d'invités prestigieux, sans oublier les quelques amis et membres de nos familles aux yeux desquels il fallait briller de mille feux... Ils se feraient dès le lendemain un plaisir de répandre la bonne nouvelle dans les cercles choisis pour leur élégance et leur rapidité à installer un bouche-à-oreille dans Paris.

Je m'étais écrit un discours et je l'avais prononcé un peu ému mais fier de ma prestance et de la facilité avec laquelle j'avais joué avec les mots, mêlant la fausse humilité aux remerciements, l'humour à l'acidité.

Tous avaient applaudi avant de se voir offrir champagne et petits-fours par une Camille très en forme.

Ma réussite lui allait bien, on le lisait sur son visage. Le sourire tranquille de l'épouse accomplie.

C'était quelques années-lumière en arrière, un peu avant que je parte pour Évian et te trouve, toi que je ne cherchais pas.

C'était juste avant le début de ma fin, Laura.

40

Marie a honte.
Elle ne sait plus ce qu'il faudrait dire ou inventer pour que Laura pardonne ou fasse semblant, ce qu'il faudra comme eau sous les ponts pour que la douleur de l'une efface peut-être le désespoir de l'autre. Elle ne sait pas ce qui l'a prise, pourquoi elle a avoué ce qu'elle aurait dû taire à jamais.

Elle ne sait plus ce qu'elle a dans la tête, de la bouillie, ou de la cendre, de la mélasse ou une compote inodore, incolore et sans goût. Elle a tout fait à l'envers, comme si le parcours avait tout seul décidé de changer de chemin, de vivre sa vie autrement, sans tenir compte d'elle, sans penser à Laura, à cette violence absolue des mots reçus en plein visage.

Les gifles de son amie l'ont sonnée, mais pas physiquement.

Elle souffre dans sa tête. Elle a mal à l'intérieur. La douleur, la brûlure ne sont rien à côté de ce qu'elle ressent. Le dégoût d'elle lui donne la nausée, lui ôte l'envie de se voir dans une glace.

Marie a honte.

Elle a fait la pire des choses : elle a trahi la confiance de Laura.

Laura n'a jamais eu une attitude pareille.

Elle en a souvent eu assez de sa présence encombrante, ne s'est d'ailleurs jamais gênée pour le lui faire savoir, parfois violemment mais jamais avec méchanceté. Par moments, elle avait été dure. Marie avait très mal pris certains propos, mais elle le savait, de temps en temps Laura se laissait aller... Elle avait du mal à gérer l'inexplicable, l'inattendu.

Marie pouvait comprendre, même si chaque fois c'était un choc : Laura avait besoin de se sentir seule chez elle.

Marie, elle, avait voulu lui faire du mal, exprès.

Les révélations sur le séjour de Raphaël à l'hôpital, l'aveu du coup de téléphone caché, tout lui a échappé.

Il a fallu qu'elle parle !

Elle avait pensé, à tort, que Laura finirait par tirer un trait, par ranger Raphaël et sa drôle de double vie dans un tiroir dont elle perdrait un jour la clé.

Rien ne s'était passé comme prévu.

Laura avait commencé à descendre une pente sans fin et, jour après jour, Marie l'avait regardée plonger sans rien dire. Il y avait eu quelques moments, rares, où Laura ne parlait plus de Raphaël, des instants où cet épisode de sa vie semblait avoir été remisé dans la malle des souvenirs sans importance. Et puis le lendemain, ou deux jours plus tard, la litanie reprenait son cours, questions que Laura posait tout haut comme si seule Marie pouvait apporter à cet instant la réponse tant attendue et résoudre l'énigme qui la rongeait.

Marie avait plusieurs fois failli vendre la mèche et puis, au dernier moment, elle avait reculé. La faute était trop lourde, le piège allait se refermer sur elle.

Mais elle n'avait plus pu se retenir : elle en avait assez de voir son amie faire sa tête de martyre, un électrochoc serait le bienvenu.

Erreur d'appréciation, défaut d'analyse.

Elle avait faux sur toute la ligne, n'avait jamais rien compris à ce que Laura avait dans la tête.

Elle ignorait à quoi ressemblait un amour comme celui-là. Marie croyait que l'amour, c'était ce qu'elle éprouvait pour Laura. Mais peut-être n'était-ce qu'une amitié amoureuse déguisée en attirance physique.

Laura, elle, vivait un amour différent, passionnel, capable de faire des dégâts importants, même de détruire.

Marie n'avait pas bien saisi la nuance. Elle s'était surtout imaginée beaucoup plus forte.

Elle était sans ressource devant l'évidence : elle ne faisait pas le poids. Raphaël occupait l'esprit et le cœur de Laura. Elle espérait qu'il ne lui était rien arrivé de dramatique sinon les événements allaient devenir ingérables. Pour l'instant, la crise passée, Laura était sortie sans un mot et avait pris sa voiture. À la grande surprise de Marie, elle n'était pas énervée. Elle était plutôt calme. Elle ne lui avait pas dit de quitter la maison. Elle l'avait abandonnée dans la cuisine, sans un regard et sans un mot. Marie était restée affalée sur la banquette bordant la table des repas. Elle se sentait mal, incapable de prendre la moindre décision.

Rester équivalait à se préparer pour d'autres confrontations. Mais elle ne pouvait pas disparaître. Laura pourrait avoir besoin de soutien au cas où le malaise de Raphaël aurait mal tourné ; elle se retrouverait seule et serait peut-être tentée de faire n'importe quoi. Marie ne voulait pas se sentir responsable.

Laura s'était depuis longtemps révélée assez faible, loin de ce qu'elle avait affirmé pour donner d'elle une image sans faille.

Elle serait assez du genre à aller au bout du désespoir.

Ce n'était pas toujours ceux qui en parlaient le plus qui passaient à l'acte.

Peu après le départ de Laura, Marie avait commencé à fouiller la maison pour la débarrasser des substances dangereuses.

Dans un placard, elle avait trouvé un fusil Winchester à pompe. Il était comme neuf, enfermé dans un grand sac, entouré de plusieurs torchons tachés de graisse.

Elle s'y connaissait un peu en fusil. Elle avait quelquefois accompagné son père à la chasse, il lui avait montré les dangers des armes. Il n'aimait pas chasser pour tuer. Il y allait surtout pour prendre l'air. Elle n'aimait pas ces équipées de fins de semaine mais ne lui en avait jamais rien dit. Il n'avait pas trop l'occasion de se distraire et Marie ne se sentait pas le droit de le dissuader.

Si après tout il en avait besoin pour se changer les idées...

Le Winchester Nevada 10 était chargé.

Huit cartouches calibre 10, de quoi faire des trous gros comme des soucoupes dans une porte en bois. Elle avait remis les cartouches dans le chargeur, vérifié que la sécurité était bien enclenchée, et elle avait déposé l'arme dans sa chambre, sous son lit.

Laura n'irait pas la chercher là, et si jamais il lui prenait l'envie de la foutre dehors, elle partirait avec le fusil. Elle le lui rendrait quand elle irait mieux.

Elle en avait profité pour débarrasser les tiroirs des somnifères et autres tranquillisants. Elle avait juste laissé une boîte de Témesta au cas où – il en restait suffisamment pour la calmer mais pas assez pour l'overdose – et balancé le reste de ses trouvailles dans la cuvette des toilettes.

Marie savait bien qu'on n'en était pas là mais elle éprouvait des sentiments très forts pour Laura... Elle ne voulait pas laisser trop de chances au hasard.

Elle la sauverait, qu'elle le veuille ou non.

41

Laura ne voit plus la route. Les arbres défilent mais elle ne voit rien. Elle garde les yeux ouverts, essaie de rester concentrée mais elle ne voit plus rien. Elle a simplement la tête qui bat, qui bat, et un énorme poids sur l'estomac. Elle a un pressentiment, il est sûrement mort... Raphaël est mort et elle n'a rien pu faire, elle n'a pas été là au moment où il avait besoin d'elle, au moment où il criait à l'aide...
Et cette garce de Marie qui savait mais n'a rien voulu dire, cette pauvre idiote qui a préféré tout garder pour elle au lieu de la prévenir !...
La route entre la vallée de Chevreuse et Paris n'en finit pas.
En plus, en cette fin de week-end, tous ces insouciants rentrent de la campagne et elle se retrouve coincée juste avant Sèvres. On roule au pas, pare-chocs contre pare-chocs, rien à faire, rien ne bouge.
Elle a décidé de ne pas appeler chez Raphaël.
Elle y va, elle verra bien.
S'il lui est arrivé quelque chose, le gardien de l'immeuble sera au courant, il saura où il est.

Les larmes coulent malgré elle. Elle ne voudrait pas qu'il la voie dans cet état-là, elle, la forte, la fière, l'incassable !... Elle n'ose même plus se regarder dans le rétroviseur, ni tourner la tête. La nuit tombe et une petite pluie fine a elle aussi décidé d'être de la partie.

Elle était si heureuse de vivre presque à la campagne, si heureuse d'avoir pu récupérer une maison où elle se sentait bien, un endroit excentré où la pression n'existait plus, où elle pouvait se laisser vivre sans trop réfléchir. Quel besoin avait-elle d'aller à Évian ? Elle n'a jamais aimé les complications, surtout quand elle les subit... Et la voilà enfermée dans le doute, dans le remords, dans un état qu'elle n'a jamais connu à l'époque où c'était elle et elle seule qui dirigeait sa vie, imposait ses lois et disposait de l'existence de ceux qui par malheur s'attachaient à elle.

Cette route n'en finit pas.

Et maintenant il fait nuit noire.

Tout un côté de l'autoroute, juste avant le pont de Sèvres, est sans lumières. Nuit noire et pluie fine, un régal ! Elle n'a pas allumé la radio, elle se sent trop mal pour être capable d'écouter de la musique ou de la parlotte. À sa droite, un type lui sourit dans une BMW. Elle aurait mieux fait de ne pas tourner la tête, elle aurait évité le regard du bellâtre persuadé qu'aucune fille ne pourra résister à sa voiture...

Si jamais c'est Camille qui est là, tant pis.

Après tout, elles se sont déjà croisées, elle sait qui elle est, elle sait même qu'elle l'a prise pour une conne, alors... Elle veut juste voir Raphaël, savoir ; savoir s'il existe encore, si elle a une chance de le regarder, de l'entendre, de poser ses mains sur lui pour lui caresser le visage. Elle n'en demande pas plus.

Elle veut juste qu'il soit toujours en vie, pour lui dire, lui expliquer ce silence depuis deux mois.

Elle finit par allumer la radio, pour mieux penser, mieux se morfondre, mieux faire tourner ses idées

noires. Elle cherche Radio Classique, tombe sur la Sonate pour violoncelle et piano n° 3 de Beethoven, un mélange envoûtant interprété par Pablo Casals et Rudolf Serkin. Cette musique accompagne à merveille l'ambiance dans laquelle elle baigne. C'est beau et triste, mais c'est ce qu'elle aime.
Le type dans la BMW est toujours à sa hauteur.
Pour un peu, elle serait capable d'en rire si elle n'avait pas toute cette angoisse en elle, tout ce noir accroché à ses battements de cœur.
S'il pouvait seulement imaginer comme elle est loin, comme elle se contrefout d'être regardée, d'être trouvée belle à travers la vitre de son Austin mouillée.
La lumière est revenue.
Plus elle approche du pont de Sèvres et plus il pleut.
À croire que tout se ligue contre elle. Quelque part, quelqu'un a décidé que cette nuit serait celle où elle perdrait la boule.
À cause d'une fille qui l'aimait.
Elle, elle n'a jamais aimé Marie.
Elle aurait dû le lui dire. Elle n'a jamais osé, jamais pu.
Elle a été trop bonne, surtout trop faible.
Jamais elle n'aurait dû garder Marie chez elle... Dix fois elle aurait pu lui dire de ne plus remettre les pieds à Orsay... Elle aurait pu... Qu'est-ce qui l'a retenue ? Elle ne trouve pas d'explication rationnelle... Ce n'est pas de l'amour ; peut-être un mélange de compassion et d'attendrissement qui, par moments, pouvait ressembler un peu à de l'amour.
Et Marie voyait ce qu'elle voulait voir.
Ce genre d'attitude débouche sur des catastrophes, le mal est fait, on ne peut plus revenir en arrière : quelqu'un téléphone pour prévenir Laura de l'hospitalisation de Raphaël et Marie ne lui dit rien...
C'est tellement énorme !... Laura a toujours du mal à y croire.

Si Marie avait oublié, Laura aurait compris, tout comme elle aurait admis que Marie fasse l'impasse si la nouvelle n'avait pas été d'importance... Mais il a eu un malaise, c'était une vraie urgence...
Peut-être Raphaël avait-il simplement besoin de Laura pour se sentir mieux, peut-être...
Et elle l'apprend deux mois plus tard!...
Heureusement, elle s'est raisonnée... Quand Marie lui a dit avec un petit sourire qu'il était peut-être mort, elle aurait pu lui fracasser la tête avec une des chaises de la cuisine. Et puis elle a respiré un grand coup et a décidé de prendre l'air.
Facile de tuer sur un coup de sang!
Elle était à deux doigts de le faire, une incontrôlable poussée d'adrénaline!
Elle a, une fois de plus, l'impression d'être manipulée mais autant après le déjeuner chez Prosper elle avait trouvé ça plutôt agréable, autant cette fois-ci...
Elle aime un homme, il a besoin d'elle et quelqu'un qui n'admet pas de se sentir délaissé décide de tout faire pour qu'elle ne le retrouve pas...
Il a dû s'imaginer qu'elle s'en foutait, et c'est normal!
Pendant ce temps-là, elle se morfond et ne comprend pas pourquoi il ne donne plus de nouvelles...
Bravo Marie!

42

Camille l'a laissé partir sans dire un mot.
Elle est restée prostrée, incapable de bouger de son fauteuil, fixant le couloir et la porte d'entrée, au fond. Raphaël a eu un dernier sourire avant de se lever, un sourire qui voulait dire adieu plutôt qu'au revoir.
Il ne s'est pas retourné, a ouvert tranquillement la porte, l'a refermée sans bruit. Et Camille est restée là, sonnée, abrutie.
Elle sent que ce départ a quelque chose de définitif. Il n'y aurait pas de session de rattrapage, pas de procès en appel, tout était joué.
Dès qu'elle a sorti les clichés du scanner, dès que Raphaël a vu les images, l'affaire était entendue. Il n'a pas cherché à éviter son regard, pas voulu faire autre chose qu'affronter la réalité. Les mots que Camille essayait de rendre rassurants se sont écrasés contre son indifférence.
Raphaël ne voulait pas les entendre.
Lui resterait sur le bord de la route, on ne pouvait rien y faire. Les radios sont restées étalées sur la petite table basse, elle n'a même pas songé à les ramasser. Elle croyait dans sa grande naïveté qu'il l'écouterait et

qu'il irait consulter un neurologue pour essayer de guérir... Elle a découvert un Raphaël fataliste, un Raphaël courageux, lucide. Elle l'avait parfois cru faible, avait souvent imaginé être sa force, se disant que sa présence à ses côtés le rendait plus clairvoyant... Finalement, elle vient de comprendre qu'aujourd'hui elle ne sert plus à rien.

Elle n'aura été que la messagère.

Elle aurait peut-être mieux fait de se taire. Elle aurait pu être encore à ses côtés, l'accompagner, le soutenir... Mais là, elle le sait, ils ne se croiseront plus, une page de vie vient d'être déchirée, et rien ne pourra en recoller les lambeaux.

Et elle se moque bien de toutes les Laura du monde.

L'important aujourd'hui serait que Raphaël voulût encore exister, même si c'était pour Laura.

Camille saurait qu'il est encore vivant.

Elle ne lui a pas demandé ce qu'il comptait faire.

À l'expression de son visage, elle savait qu'il aurait éludé la question. Elle ne lui en veut même plus de lui avoir caché pendant toutes ces années le contenu de son coffre, cette boîte à malices qu'elle avait fini par fouiller malgré sa promesse.

Elle voulait se venger, avait rompu le pacte, dérangé ses souvenirs.

Elle n'était pas plus avancée.

Rien de spécial dans le coffre. Des points de repère, les marches d'un escalier vers le sommet, des passages de témoin, services demandés et services rendus. Pas grand-chose d'autre à part un article de journal, incongru, un papier d'un quotidien espagnol parlant de la mort d'une jeune femme... Laura parlait la langue, elle avait pu comprendre qu'elle était tombée d'une falaise, quelque part près de Barcelone. Pourquoi cet article dans le coffre ? Elle n'en avait pas la moindre idée. Elle avait pensé lui poser la question, mais son attitude et le désespoir au fond de ses yeux l'avaient dissuadée de pousser plus loin. Raphaël était à Barcelone à la même époque, croyait-elle se souvenir, pour un congrès. Il était d'ailleurs rentré agité de son voyage, elle s'en souvenait très bien. C'était rare de le voir dans cet état, lui d'habitude si calme.

Devant le silence qu'il opposait à ses interrogations sur ce qui avait motivé son état, Camille n'avait pas insisté.

D'ailleurs, dès le lendemain, Raphaël avait repris une vie normale. L'article parlait de la présence de la jeune femme décédée à un symposium. Elle avait sûrement voulu voir la mer la nuit. On avait retrouvé son corps sur les rochers le lendemain de la chute. C'était en tout cas ce qu'affirmait le journaliste. Pourquoi Raphaël avait-il gardé cet article ? Connaissait-il cette femme ?

Camille se passe la main dans les cheveux, prend les clichés du scanner sur la table, les remet dans leur enveloppe, verse un reste de vin rouge dans son verre resté sur la table.

Elle sait maintenant qu'elle va garder cet appartement, ou en tout cas qu'elle ne retournera pas rue Molitor.

Elle préfère que Raphaël ne la voie pas pleurer.

Elle pourrait prendre des affaires et regagner le XVIe, au moins pour un certain temps... Raphaël ne lui claquerait pas la porte au nez, mais elle ne se sent pas capable d'affronter sa souffrance, ses envies de rien.

L'homme qu'elle a aimé, et qu'elle aime encore, va se laisser sombrer, mais sa vie à elle ne doit pas s'arrêter pour autant.

Il faut qu'elle soit plus forte. Elle a voulu l'aider, elle a espéré... Elle a prié pour qu'il ait la sagesse de suivre ses conseils, mais il n'a pas suivi. Elle n'a rien à y redire. Après tout, c'est sa vie, son choix.

Elle ne va pas lui tenir la main de force.

Elle peut comprendre qu'il puisse ne pas avoir envie de son regard sur lui. Raphaël ne veut pas qu'on le

plaigne. C'est tout à son honneur de vouloir avancer seul, sans Camille pour le porter.
Elle repense avec un pincement de cœur à leur séjour à Deauville.
Et dire que pendant si longtemps ils avaient évité de se toucher ! Incroyable !
Leurs corps-à-corps avaient été magiques.
Elle n'avait pas le souvenir de fusions aussi torrides, comme s'ils étaient faits l'un pour l'autre et venaient de le découvrir...
Quel gâchis !
Et maintenant Raphaël était sorti de sa vie.
À croire qu'ils le pressentaient l'un et l'autre : ce week-end normand aura été un baroud d'honneur.
Si elle avait su !... C'est toujours ce qu'on dit quand on est dépassé par les événements, quand il est trop tard, que la marche arrière est coincée.
Si elle avait su !... Elle aurait évité tous les Gilles du monde, les chambres de garde et les amants de fins d'après-midi... Si elle avait su, elle l'aurait peut-être mieux aimé ; il n'aurait pas eu envie de partir prendre l'air à Évian, n'aurait jamais croisé Laura, aurait continué à lui dire qu'il l'aimait, l'aurait regardée comme si elle était la seule, l'unique, sa lumière sur un drôle de chemin pas tout droit.
Si seulement...

43

Laura appuie sur le bouton de l'Interphone. Elle est certaine que personne ne va répondre. Elle attend. Une minute passe, et puis le haut-parleur grésille et une voix mal assurée demande qui est là. Elle s'annonce. Il lui ouvre la porte du hall. L'ascenseur ne va pas assez vite. Il lui a dit qu'il habitait au cinquième, mais c'est loin, beaucoup trop loin le cinquième pour elle qui manque de souffle, qui ne sait plus si elle doit hurler de rire ou de rage, pour elle dont le cœur bat plus vite que si elle courait depuis Orsay. Heureusement, elle est seule dans la cabine et personne ne la voit changer de couleur, essayer de se refaire une beauté dans le miroir de ce cube qui l'emmène vers un quelque part qu'elle ne connaît pas encore. L'ascenseur s'arrête, la porte s'ouvre et il est là, sur le palier, juste devant, et il la prend dans ses bras, la serre à en perdre le souffle et l'entraîne vers la porte de son appartement qu'il a laissée entrouverte. Elle vole plus qu'elle ne marche, elle s'accroche à lui comme pour être certaine qu'il ne lui viendra pas l'idée de la lâcher. Elle tomberait s'il la lâchait, elle ne saurait plus où poser les pieds, elle est sûre de ça, c'est lui qui lui donne son énergie, son élan.

Elle ne l'a toujours pas embrassé. Elle est adossée à la porte d'entrée en bois massif, les bras autour de son cou. Il est pâle, très pâle, elle lui caresse la joue et lui dit pardon, et encore pardon, elle ne savait pas, on ne lui avait rien dit, Marie avait préféré se taire. Et elle redit qu'elle s'excuse, qu'elle est navrée, que si elle avait su elle aurait couru à l'hôpital.

Et il répond que ça n'a plus la moindre importance, que maintenant elle est là, et que c'est l'essentiel, peu importe le temps perdu puisqu'elle est devant lui, bientôt contre lui.

Et il l'embrasse, doucement, très tendrement puis de plus en plus fort, comme pour mieux faire partie d'elle, ne faire qu'un avec son parfum, sa douceur.

Et elle le serre contre elle, et ils restent tous les deux figés, parce que tout recommence, comme si rien jamais ne s'était arrêté.

Il la déshabille contre la porte, ses vêtements jonchent la moquette ; elle le laisse faire, elle adore être nue contre son corps habillé. Elle ressent un plaisir particulier, elle le lui a dit, elle le lui répète. Elle redécouvre sa bouche sur elle, ses mains sur elle, en elle, et elle le guide et l'arrête, lui demande de ne plus s'arrêter, le supplie de l'attendre. Il finit par la prendre dans ses bras et la porte jusqu'à la chambre. Les volets sont presque ouverts, au loin les lumières de Paris. Elle lui ôte ce qu'il a sur lui et ils se couchent dans ce lit qu'elle découvre, dans ces draps qui portent sûrement encore l'empreinte de Camille. Raphaël la rejoint au moment où elle est incapable de se retenir plus longtemps, et elle a envie de rire, de rire. Elle ne sait pas que lui pleure déjà dans son cou. Elle ne l'entend pas, son plaisir est trop fort pour qu'elle entende les sanglots de l'homme qui s'effondre dans ses bras. Elle est heureuse, si heureuse, rien d'autre n'a d'importance, ni cette garce de Marie, ni ces mecs qu'elle a tant aimé humilier dans une autre vie, ni son parcours raté dont elle ne sait même plus qu'il a existé.

Elle s'endort blottie contre Raphaël. Quand elle se réveille, il est face à elle, la regarde en souriant. Il a quelque chose de particulier dans les yeux, une lueur qu'elle n'avait jamais vue. Il a l'air d'un enfant qui vient de jouer un bon tour à quelqu'un, un enfant fier de la farce qu'il vient d'inventer. Il l'attire contre lui, l'embrasse en fermant les yeux, lui caresse doucement le dos et les fesses, glisse la main entre ses cuisses là où la chaleur est la plus douce et l'humidité si particulière. Elle a son sexe dans la main et, quand il est devenu si dur que Raphaël est au bord de l'explosion, elle le glisse doucement en elle parce que c'est la seule chose dont elle a envie à ce moment-là.

Ils ne bougent presque pas, les mouvements restent si lents, si tendres que c'est comme si tout se passait au ralenti.

Elle veut que ça continue et que ça n'en finisse jamais.

Quand sa bouche se pose sur ses seins et qu'il s'enfonce encore plus en elle, elle sait qu'elle va jouir trop rapidement mais ne fait rien pour ne pas se laisser aller.

C'est juste après que lui aussi s'abandonne et lui murmure qu'il va mourir.

Elle croit n'avoir pas bien entendu, reprend un peu son souffle avant de lui demander de répéter ce qu'il vient de dire. Il attend un peu et, dans la lumière diffuse de cette nuit parisienne qui fait escale dans la chambre, Raphaël lui redit lentement qu'il va mourir, il a une tumeur au cerveau, c'est juste une question de temps. Elle se redresse pour mieux le regarder, se lève, retourne dans l'entrée toujours éclairée, revient avec son sac dans lequel elle fouille pour trouver ses cigarettes et un briquet. Elle cherche un cendrier. Il lui désigne une petite assiette sur la table de nuit ; elle enlève la tasse posée dessus et allume sa cigarette. Alors, elle lui demande de raconter. Il parle de ses douleurs récurrentes, de son malaise, du scanner, des aveux de Camille au sujet des radios. Laura ne veut pas croire ce qu'elle entend. Elle aimerait mieux être sourde. Elle a l'impression que Raphaël lui parle dans une langue étrangère, que ce discours s'adresse à une autre, que rien de tout ça n'existe, qu'elle est dans un film ou dans un cauchemar et que forcément elle va se réveiller. Mais elle ne se réveille pas, elle sait que tout est vrai, que l'homme qu'elle aime, celui qu'elle désire, qui est devenu irremplaçable, elle sait que Raphaël ne lui raconte pas d'histoires, qu'il ne ment pas. On ne ment pas avec ces choses-là, à moins d'être cinglé. Et elle ne sait pas si Raphaël est cinglé, elle sait juste qu'elle en est folle amoureuse, qu'elle a deux mois à rattraper et que tout ce qu'il vient de lui dire avec un air presque détaché la rapproche de la fin du monde.

Elle n'a même pas la force de tirer sur sa cigarette qui se consume dans la soucoupe.

Elle n'a plus la force de rien.

Elle regarde Raphaël comme s'il était invisible.

Elle essaie quand même d'argumenter, lui demande s'il est certain qu'il n'y a rien à faire, pourquoi ne pas essayer l'intervention…

Il répond en souriant qu'il préfère être heureux avec elle encore en possession de ses moyens plutôt que de prendre le risque d'être diminué.

Il lui avoue qu'il aimerait bien passer le temps qui reste à ses côtés.

Elle ne répond rien, le prend dans ses bras, le serre contre elle.

C'est un peu plus tard qu'elle lui propose de partir tout de suite, sans attendre.

Il prépare un petit sac, fait le tour de l'appartement, jette un œil amusé sur la pile de *Gazettes de l'Hôtel Drouot* qui tapissent la table basse du salon, referme le couvercle du coffre violé par Camille et, après avoir tiré la porte, se retrouve sur le palier où Laura a déjà le doigt sur le bouton de l'ascenseur dans lequel ils entrent sans se retourner.

Dans le hall d'entrée de l'immeuble, il se souvient avoir oublié quelque chose d'important. Il doit remonter et suggère à Laura de l'attendre dans la voiture.

Revenu dans l'appartement, il se dirige droit vers la table de nuit de Camille : le 357 est toujours là, les balles aussi.

Il met le tout dans son sac avant de redescendre.

Quand ils prennent la route d'Orsay, la pluie a cessé. L'asphalte est encore luisant mais les exilés du week-end ont regagné leur domicile. Ça roule bien. Mais Laura ne veut pas prendre le risque de déclencher un radar et puis elle est encore sous le choc des révélations de Raphaël.

Elle a beau avoir sa main dans la sienne pendant qu'elle conduit, elle a un peu froid. Pourtant, le chauffage de l'Austin est à fond mais elle sait que ce n'est pas à cause du temps.

Ce qui la glace, c'est un type à ses côtés, un type dont elle se foutait éperdument il y a quelques mois et qu'aujourd'hui elle voit peu à peu s'enfoncer.

Ce qui la glace aussi, c'est de se dire qu'elle ne peut rien faire.

Si ce qu'il lui a dit il y a quelques heures est vrai, il va mourir chez elle, à côté d'elle, à moins d'un miracle.

Elle serre sa main et Raphaël la regarde, comme s'il la voyait pour la première fois, comme s'il était écrit que ce serait Laura et pas une autre ; il la fixe, sans raison, parce qu'elle ressemble à l'évidence, au charme, à cette image un peu confuse qu'il avait dans la tête quand il s'imaginait un jour devenir vraiment amoureux.

44

Je suis resté enfermé rue Molitor quelques jours. J'ai prévenu l'hôpital. Je reprenais quelques vacances, j'étais fatigué, j'avais trop tiré sur la corde depuis quelques semaines. Personne n'y a trouvé à redire. Ils avaient eu peur que mon séjour aux urgences se prolonge, avaient été ravis de me revoir dans le service, mais il ne fallait peut-être pas en faire trop.
Après tout, même si quelques semaines avaient passé, j'étais encore convalescent.
La soirée chez Camille m'avait été fatale.
Elle m'avait annoncé ma mort.
Elle avait dû bien réfléchir avant de se jeter à l'eau, mais elle avait choisi de me prévenir pour que j'intervienne. Je devais me soigner. Elle ne pouvait pas prévoir que ses révélations auraient sur moi l'effet contraire. Je voulais laisser tomber, tout abandonner, du moins ce qui me semblait sans intérêt. J'avais une envie, un souhait, te revoir Laura et te raconter. À ce point de non-retour, tu étais la seule à qui je voulais me confier. Loin de moi l'idée de me faire plaindre. Non, je voulais juste être avec toi.

J'avais fait l'inventaire de mon coffre, une chose ou deux manquaient.

Camille avait sûrement deux ou trois questions subsidiaires à me poser mais j'étais parti trop tôt, elle n'avait pas eu le temps de le faire.

Elle avait dû trouver les journaux espagnols, en tirer des conclusions.

Je sais que je n'ai rien inventé, Laura, je me rappelle...

Je l'ai poussée cette fille, je l'ai poussée et maintenant que j'y repense, maintenant que j'ai tout le temps d'y réfléchir, je sais que je n'avais rien regretté.

Ça m'avait fait du bien. Un bien fou.

Les douleurs sont de nouveau là. Ça me fait un mal de chien, mais tant pis, je dois continuer à te raconter, il ne faut surtout pas que je m'interrompe...

Je me demande seulement si tu m'entends.

Je faisais des visites rapides à l'épicerie en bas de chez moi.

J'achetais des salades préparées, des plats à réchauffer. Je vivais dans une morosité constante, seulement entrecoupée par des vagues de douleurs que je calmais tant bien que mal à grands renforts d'antalgiques. Mon visage dans la glace de la salle de bains me faisait peur, et même si je continuais à passer trois quarts d'heure sous l'eau bouillante de la douche, je n'arrivais pas à penser à autre chose : cette vie foutait le camp au moment précis où j'en avais besoin.

Le miroir me renvoyait l'image de mon corps amaigri. Dans quelque temps, je serais un gisant dans une boîte. Au même moment, je ne sais toujours pas pourquoi, je pensais malgré moi pouvoir guérir.

Il suffisait peut-être de me bouger, d'oser affronter un spécialiste pour m'entendre éventuellement dire qu'il y avait de l'espoir.

Je le savais, Laura, mais j'avais laissé chez Camille les images du scanner. J'étais parti désemparé sans penser à les emporter.

Je pouvais toujours me pointer dans un service de radiologie et demander à refaire une radio de ma tête, mais j'étais sans volonté, sans énergie. Je ne feuilletais même plus mon magazine préféré, *La Gazette de l'Hôtel Drouot.* Quand, affalé dans le canapé du salon, je levais la tête, je ne voyais que du noir ou du gris foncé. J'avais baissé tous les stores et l'immense pièce baignait dans sa tristesse et sa presque nudité... J'avais passé des heures à contempler les toiles que j'avais achetées au fil des années et, aujourd'hui, je n'avais pas la moindre envie de les regarder.

Elles étaient pour moi des peintures anonymes.

Quelqu'un d'autre, dans une autre vie, avait décidé de se les approprier. Moi, je les découvrais, comme si je ne les avais jamais vues, ou plutôt comme si leur intérêt m'échappait.

Mon parcours est bizarre, Laura.

Avant Évian, j'étais dans un état où plus grand-chose ne me passionnait, et grâce à toi j'avais redécouvert la vie...

J'avais même compris que j'étais capable de rendre une femme heureuse !

La vie s'était vengée.

C'est terrible ce que j'ai mal au ventre.

La douleur est de plus en plus pénible.

Heureusement, de temps en temps, ma tête me fait un peu moins mal... Quand le sort s'acharne, on a beau se dire que forcément, un jour, le cours des choses va s'inverser, le cycle arriver à son terme, on a beau s'inventer des espérances, des petites lueurs diffuses, des mots, des points de repères pour ne pas perdre le fil de ses envies, on a beau ramer à contre-courant, un jour on se retrouve sans force, sans volonté, et c'était exactement là que j'en étais quand l'Interphone a sonné.

Je peux bien te le dire maintenant, je n'avais pas envie de répondre. J'étais décidé à ne pas me lever.

Je n'attendais personne, Camille avait toujours sa clé, et ce ne pouvait pas être la gardienne. Elle aurait sonné directement à la porte de l'appartement, elle n'aurait pas eu besoin de passer par l'Interphone.

Je ne sais pas pourquoi, je ne sais toujours pas ce qui m'a poussé à décrocher le combiné pour répondre. Je sais seulement que j'ai bien fait.

Je me croyais sorti de ta vie, j'avais tiré un trait sur nous puisque tu n'avais pas donné suite quand Corinne t'avait prévenue de mon séjour à l'hôpital, et quand j'ai entendu ta voix dans l'écouteur, ma vie a de nouveau basculé.

En moins d'une seconde, j'ai eu envie de vivre, pour une minute, pour une heure, à tout jamais peut-être ou pour moins de temps qu'il ne faut pour le dire...

J'ai eu envie de tout.

Quand l'ascenseur s'est arrêté, que la porte s'est ouverte, j'ai su que ma vie ou ce qu'il en restait valait la peine d'être vécue. Je t'ai serrée contre moi et j'ai oublié encore une fois Camille, l'hôpital, mes douleurs, mes remises en question et mes désespoirs. Je n'ai plus pensé qu'à ce parfum que tu portais, qu'à cette peau que je sentais si proche et si chaude, qu'à ce que nous avions déjà vécu en attendant de vivre le reste... Je ne voulais même pas te poser de questions, ni le comment ni le pourquoi, je me foutais complètement des explications, des raisons, des excuses.

C'est toi qui m'as dit que tu ne savais pas pour l'hôpital, que Marie ne t'avait jamais prévenue.

C'est toi qui as voulu me dire les mots, les excuses et les je t'aime, les soupirs et les cris.

Moi, je n'avais plus rien que mes larmes.

J'ai basculé d'un coup dans le monde de l'espérance, dans l'univers du possible, dans ces instants où tout est permis, même de croire à l'irréel. J'ai redécouvert ta peau sur moi, mes mains dans les tiennes, les non-dits qui racontent mieux que tous les mots...

J'étais vivant Laura, tu comprends, vivant !

Et c'est parce que j'étais vivant qu'il a fallu que je t'avoue que j'étais presque mort.

J'ai eu besoin de te le dire, de te le confier. Il fallait que tu saches, il fallait que tu puisses décider de me sauver ou pas, de m'accompagner ou pas, de me garder ou pas.

Il fallait que tu me tendes ou pas ta vie pour que, peut-être, la mienne s'échappe moins vite...
J'étais à ta merci. Toi seule pouvais décider de ma survivance ou de mon abandon. J'allais brûler tous mes vaisseaux, sacrifier le peu de moi qui subsistait dans cet appartement où j'avais cru devenir quelqu'un, cet appartement dont j'avais tant voulu qu'il nous ressemble à Camille et à moi, cet endroit dénué de ce que certains appelleraient une âme.

J'allais m'en aller, partir pour ne pas regarder en arrière, abandonner la rue Molitor à sa seizième attitude, balayer de ma vie ces drôles d'ambiances qui avaient fini par faire de moi une caricature, l'envers de qui j'étais vraiment. Évian t'avait mise sur ma route, mais, plus encore, Évian m'avait mis sur ma route. Je m'étais enfin rencontré en te croisant. Jamais je n'aurais pu le prévoir.

La suite ne dépendait plus que de toi.

Je t'avais parlé de ma fin à venir pour que tu aies le choix de me sauver ou pas, de me faire exister ou pas.

Jamais plus qu'à ce moment-là je n'avais fait confiance à quelqu'un.

Tirer un trait m'apparaissait non seulement nécessaire mais indispensable. Grâce à toi, j'allais renaître au moment où ma chute était annoncée, programmée. Je ne savais pas, avant que tu finisses par me le dire, la raison qui t'avait fait passer de ta vie à ma presque déchéance, ce qui avait pu te décider à rejoindre mon itinéraire en passant par des routes qu'on ne trouvait plus sur les cartes.

Je ne savais rien de ce que Marie ne t'avait pas dit.

Je ne savais pas non plus que c'était grâce à elle que tu étais là.

Quand tu t'es levée pour aller chercher ton sac et tes cigarettes, j'ai pensé que jamais tu n'accepterais que je t'accompagne à Orsay.

Et puis un peu plus tard, sans que je m'y attende, tu m'as dit qu'il fallait s'en aller le plus vite possible, le temps n'avait plus la même durée, tout devenait beaucoup plus urgent... Il ne fallait surtout plus perdre le fil... Si le bout s'égarait, jamais on ne le retrouverait.

Le sac que j'ai rempli ne pesait pas lourd sur mon épaule, une vie ou ce qu'il en reste résumée à deux ou trois objets qu'on aime bien...

Désolant et à la fois tellement libérateur.

Je me sentais enfin léger, porté par un souffle, par une voix, par le son des mots de celle que j'aime, celle qui m'a tant manqué et qui peut, en un instant, tout me reprendre...

Nous avons attendu l'ascenseur blottis l'un contre l'autre.

Je n'avais pas froid Laura, j'avais juste envie qu'on se tienne chaud, qu'on se tienne vivants, heureux, soudés d'avoir tant failli se perdre.

C'est en arrivant dans le hall que j'ai pensé au revolver.

Je t'ai demandé de m'attendre dans la voiture. Je suis remonté chercher l'arme, persuadé que je ne la trouverais pas. Mais elle était à sa place, dans la table de nuit de Camille, comme si rien n'était arrivé, comme si les choses devaient rester à leur place en attendant le bon vouloir ou le retour des habitants du lieu.

Je l'ai fourrée dans mon sac avec la boîte de balles. Je savais que je ne m'en servirais pas. Je l'avais achetée dans une autre vie pour protéger Camille, mais jamais, jamais, je n'avais eu l'intention de manipuler ce truc.

Je ne l'aurais jamais utilisé pour me débarrasser de Camille ; j'aurais employé la même méthode qu'avant, l'accident...

Je sais, Laura, tu n'auras jamais su si je délirais ou pas, si je disais la vérité ou pas. J'ai trop tardé, trop hésité, je voulais te raconter et puis, au moment précis où les choses auraient dû se dire, le silence, le désert des mots, le pas qu'on n'ose plus franchir, ligne de démarcation si proche et si pleine de danger...

J'aurais bien aimé tout te confier, avant de ne plus pouvoir, avant de m'endormir.

Je te l'ai déjà dit, je n'ai jamais eu la moindre vocation à tuer mon prochain, c'est plutôt le contraire... J'ai surtout cherché à aider les autres, et puis dans une vie parallèle, une vie qui m'échappait, Laura, je poussais des filles dans le vide ou dans la mer... Enfin j'ai dû le faire une fois ou deux... C'était ma façon à moi d'exister encore plus.

Je suis cinglé Laura, tu ne le savais pas, tu ne l'auras jamais su.

J'ai de moins en moins de force.

Il faut que j'en trouve encore un peu pour que tu saches ce qui s'est passé.

Quand nous avons quitté la rue Molitor, j'étais heureux, heureux d'être avec toi, peut-être pas pour longtemps mais après tout le risque valait la peine. J'avais le sentiment que je trouverais enfin le courage de remonter la pente, de prendre rendez-vous avec un neurologue pour voir s'il restait un espoir. On ne sait jamais. Dans ces histoires-là, ce qui compte surtout c'est la volonté, la motivation. T'avoir retrouvée me redonnait des forces.

Tu avais roulé doucement. On n'était plus pressés maintenant.

J'avais ta main dans la mienne, on avait tout le temps, rien n'était urgent. Je savais que, à moins d'un miracle, je ne remettrais plus les pieds rue Molitor. J'avais tout laissé en l'état. Si jamais il m'arrivait quelque chose, elle bénéficierait de l'appartement, comme nous l'avions prévu depuis des années. Nous n'avions pas d'enfant, elle était la seule héritière. Heureusement pour elle, nous n'étions pas officiellement séparés et je

n'avais rien fait auprès du notaire pour modifier mon testament.
Voilà à quoi je pensais sur la route, Laura. Je pensais à ce que je laissais derrière moi… Pas grand-chose, de la pierre et des tableaux, pas de quoi sauter de joie… Je sais, j'aurais dû penser à ce bonheur supposé qui me tendait les bras à tes côtés… J'étais heureux, mais j'avais quand même l'impression d'une vie foutue en l'air, d'une existence ratée même si toi tu représentais le bonheur et la réussite.
À quoi peut-on dire qu'une vie ressemble à ce qu'on aurait voulu qu'elle soit ?
Je n'en avais pas la moindre idée.
Quand nous sommes arrivés à Orsay, la nuit commençait à se dissiper.
Ta maison était si blanche que j'en avais presque mal aux yeux. Je ne savais plus depuis combien de temps je n'avais pas dormi, je veux dire vraiment dormi. Tu m'as souri, tu m'as murmuré que tu m'aimais, qu'on était arrivés, que plus rien ne serait moche, que tu allais me faire remonter à la surface.
Je t'ai serrée dans mes bras avant de sortir de la voiture. J'ai attrapé mon sac, je l'ai glissé sur mon épaule et nous sommes entrés dans la maison par la porte du patio. Le soleil commençait à réchauffer les murs. Dans peu de temps, il ferait bon.
J'ai regardé autour de moi comme si je découvrais un endroit nouveau. J'étais déjà venu, mais cette fois-ci était comme une première, une découverte. L'endroit me paraissait changé. Je ne savais pas pourquoi, peut-être parce que je venais ici avec la ferme intention d'y rester un peu, d'y être bien. Mes tableaux ne me manquaient pas. Tes murs aussi étaient blancs, Laura, mais ta maison respirait, elle vivait, elle était habitée. Je t'ai accompagnée au premier étage. Nous étions l'un contre l'autre, on s'embrassait à chaque marche, on avait quinze ans, même peut-être moins.

Dans ta chambre on s'est embrassés plus longuement, on était seuls au monde, plus rien ne comptait que cet instant présent, cette page tournée, cette nouvelle respiration que je sentais monter en moi.
J'ai le souvenir d'un bruit épouvantable.
Tu n'as pas crié, tu n'as rien dit.
Je t'ai juste sentie t'effondrer dans mes bras.
Quand j'ai relevé les yeux, le deuxième coup de feu a jailli du fusil que tenait Marie. J'ai senti un choc dans mon ventre. J'ai tourné la tête vers toi avant de tomber. Tu souriais dans ce qui te restait de visage. Elle n'avait pas fait le détail, elle avait visé la tête.
J'étais par terre, tu étais contre moi, à jamais silencieuse.
Marie s'est approchée. Elle m'a regardé et m'a dit qu'elle ne pouvait pas faire autrement, elle t'aimait. Puis elle a tourné les talons et, sans un regard, a quitté la chambre.
Elle n'a même pas pensé que je pourrais téléphoner, elle savait très bien que je ne serais pas en état de bouger et elle était sûre que je ne t'abandonnerais pas.
Elle avait raison, Laura, je ne t'abandonnerai pas, et toi non plus tu ne vas pas m'abandonner.
Nous sommes faits l'un pour l'autre et c'est vrai que, maintenant, on va rester ensemble.
J'ai de plus en plus mal à la tête et au ventre.
Tu ne m'entends pas Laura, mais je suis là, je te jure que je reste là.
Je l'ai su dès le premier jour.

Cet ouvrage a été composé
par Atlant'Communication
aux Sables-d'Olonne (Vendée)

Impression réalisée sur CAMERON par

BRODARD & TAUPIN
GROUPE CPI

La Flèche (Sarthe)
en septembre 2006
pour le compte des Éditions de l'Archipel
département éditorial
de la S.A.R.L. Écriture-Communication

Imprimé en France
N° d'édition : 857 – N° d'impression : 37258
Dépôt légal : septembre 2006